人間美好

馮唐 著

人生一世，草木一秋，最關鍵的是用好自己這塊料。盡情耍，不虛度，就是圓滿。

目錄

第一章：增長智慧，一生不煩

第二章：肉身不壞，抵禦一切妖風邪氣

第三章：放一放，更自在

人生一世，

草木一秋，

最關鍵的是用好自己這塊料。

盡情耍，不虛度，就是圓滿。

每一個人，

命不同，運不同，

肉體千差萬別，際遇悲歡離合，

但自己的「這塊料」，

腦力就是智慧，

體力就是肉身，

心力就是一顆心。

不外乎腦力、體力、心力。

盡情用智慧，管理好肉身，

保有一顆活潑潑的心，

萬事可成，

人間美好。

攝影：Kuba Ryniewicz ，《Tatler 尚流》

第一章

增長智慧，一生不煩

腦力就是智慧。

佛教說，智慧如水，生成一切；智慧如燈，照見一切；智慧如海，容納一切。

智慧不怕用，就怕不用。常用常新，常用常有，生生不息，彷彿永動機。人間美好。

增長智慧，一生不煩

每天對這個世界多一點理解也是別人奪不走的小歡樂。

羅素寫過一篇流傳很廣的文章〈我為何而活〉（What I Have Lived For）。開宗明義，羅素是這樣說的：

Three passions, simple but overwhelmingly strong, have governed my life: the longing for love, the search for knowledge, and unbearable pity for the suffering of mankind.（三種簡單而強烈的激情支配我的一生：對愛的渴望；對知識的探求；對人類苦難不能承受的同情。）

我十歲時初讀這篇文章，不為所動。那時候世界天天是新的，從家到學校的路天天走，還是每次都有新的發現。那時候幾乎每本書都是新的，李白、杜甫，老子、孔子，都是第一次讀。那時候很忙，忙着從街面上和書本上學習，活着就挺忙了，沒時間和精力想：我為何而活？

我三十歲時再讀這篇文章，全面認同。生命誠可貴，愛情價更高，那黑長直的頭髮、那薄透漏的絲襪，兩瓶啤酒下肚之後，如果那不是愛情、那還能是甚麼？她一笑啊，命都想給她啊。知識就是力量，為中華之崛起而讀書，讀讀讀，書中自有顏如玉。即使風調雨順，地球上還是有那麼多人吃不飽飯、衣不遮體，還是有些富人為富不仁、貪得無厭，想起來心如刀絞啊。

我五十歲時再讀這篇文章，不以為然，至少不認為這三點是人類個體貫穿一生的重點。我喜歡羅素這篇文章的題目：我為何而活？溫飽之後，這是一個多麼值得問自己的問題啊！但是羅素列的三點，如果跳出二十歲到四十歲的激素和見識，很難能構成一個預期壽命為八十歲的人類個體的人生重點。

愛情很難定義，一萬個人心裏有一萬個哈姆雷特，一萬個人腦子裏有一萬個愛情的定義。多少傻事兒因愛之名！如果愛情的定義都不相同，如何為愛而活？我高度懷疑，愛是長在激素、利害權衡和生活習慣上的某種人類社會現象，是老天的某種詭計，是人類對於這種詭計的某種配合。如今，想起十七、八歲甚至二十七、八歲為了某個女生百爪撓心、十指撓牆，我聽見那時候的血管裏激素嗞嗞作響。

知識有百度和谷歌，放太多在自己的腦袋裏，是虐待腦袋。AI 也呼嘯而至，在拈花頓悟和無中生有之外，碾壓人類大腦。說到拈花頓悟和無中生有，和絕大多數人類都沒甚麼關係，儘管絕大多數人類都不認同這一點。

人類苦難似乎無法避免，前面還是雨，努力快跑有甚麼用？同情和心如刀絞有甚麼用？溫飽之後，就沒煩惱了？不會吧。飽暖思淫慾。一些人先富起來之後，就沒煩惱了？不會吧。人心不足蛇吞象，為富不仁。均貧富之後，就沒煩惱了？不會吧。均貧富之後，誰還有動力去創富？

那，人為何而活？

我個人覺得，我要為智慧而活。反正時光一去不復返，在酒裏，在黑長直髮裏，在名利權謀裏，在無所事事裏，都是一去不復返，那為甚麼不在增長智慧的過程中安度時光？萬一漸修能觸發頓悟，那今生就能跳出輪迴直達涅槃，下輩子就省事啦。如果沒有萬一，在智慧上形成不了突破，那每天對這個世界多一點理解也是別人奪不走的小歡樂。小草和繁星，兇殺和姦情，文史哲天地生，古今中外，一生不煩。

古人提供了兩條增長智慧的道路：讀萬卷書，行萬里路。二十一世紀了，我再添兩條：學徒，做事。多數很難學的東西，光讀書，光走馬觀花，學不會，一生中有兩三個好師傅傳幫帶，是條增長智慧的捷徑。天時地利人和，機緣巧合，諸緣匯聚，你還能做事，持續做事，成事，持續成事，恭喜你，你走在增長智慧的捷徑的捷徑上。

可惜的是，天底下哪有那麼多好事。好師傅難得一見，遇見了也不一定願意帶你。即使好師傅幫着你練成了屠龍技，龍也不一定一直在那裏等你。一個人的力量渺小，古今中外，練成了屠龍技的個別少年，多數沒能逐鹿中原，有的改行殺豬，有的文心雕蟲。

三尺微命，一介書生。命好，學徒，做事。無論命好還是不好，至少可以讀書。

溫飽之後，如果不知道自己該幹點甚麼，那就讀書吧。

立德、立功、立言三不朽

世界的德，天地的心，讓女性來立，宇宙會更美好。

人類基因編碼中，有些底層編碼亙古不變。

幾十年承平無戰事之後，某處的人類普遍富裕了，開始習慣性地呈現底層基因編碼的一些特質。比如，問起這些富裕後的人類，你們還有甚麼醫療健康的需求？大比例的男人會說：長生。大比例的女人會說：不老。長生，不老，和秦始皇嬴政兩千多年前的心願、和楊貴妃玉環一千多年前的心願，並無不同。這些心願下面一層的情感是貪戀和不捨，更下面一層的恐懼是不理解為甚麼沒有永恆：臉蛋兒為甚麼不能永遠膠原蛋白飽滿如少年？身體為甚麼不能永遠有使不盡的力氣和好奇如處男？父母為甚麼不能永遠存在於塵世的某處？兒女為甚麼不能繼承我們這一代的全部天賦？情人相看時為甚麼不能眼裏永遠都是星星？

我在高中和大學學過初級編程語言，我也理解，編輯人類編碼的團隊一定在某些關鍵兩難抉擇中做了一些無奈的選擇。如果讓太多人類長生不老，亙古如天地，天地就不夠用了。如果讓太多人類失去對於永恆的渴望，多數人類在溫飽之後就失去了對於美好的渴望，人類世界就失去了演變的動力，甚至陷入狹窄的死循環，就更加不好玩了。

作為男性，我時常聽其他男性酒後吹牛逼，我偶爾也會主動問不同年齡段的男性朋友：餘生何求？我也反覆聽過我骨髓裏的激素嗞嗞作響的聲音，也反覆試圖理解這些激素、交感神經/副交感神經、自主神經和肌肉骨骼系統想帶着我的胴體和靈魂去幹些甚麼春風十里或者傷天害理的事兒。我自以為理解多數男性的終極追求（當然，很多人放棄，其中絕大多數因為識時務，絕少數是因為知天命，極其個別是真正得道，認識達到「唯有一枝在，明日恐隨風」的境界），說到底，無非三不朽：立德、立功、立言。

太上有立德，其次有立功，其次有立言，雖久不廢，此之謂不朽。（《左傳・襄公二十四年》）

春去秋來，斗轉星移，胴體消散，還有生前身後名在處男時挺立過的街頭飄蕩，還有個別金句、黑話、語錄、詩歌、小說段落和影視台詞在依舊是處男的胴體上流傳，無論春去秋來、斗轉星移。

作為男性，我忽然想起，也該問問女性朋友們：作為女性，餘生何求？甚麼是你認為最牛逼的事兒？我在問她們的時候，全力做到內心純淨，純粹好奇。我是個金牛座，大地和星辰決定，我貪財好色。但是，後天嚴格訓練之後，我貪財，但是不得不取之有道，我好色，但是不得不止乎禮。在我心中，女性是在輪迴中輕鬆超越輪迴的智慧人類，是在能超越之時死活再墜落到輪迴之中的善良人類。

對於「甚麼是最牛」這個終極問題，女性比男性的回答要多樣化。男性要的歸根到底是立德立功立言三不朽，和《左傳》說的一樣，和曾國藩畢生追求的一樣。女性最多的回答是要有安全感，其中有幽默感的會說，最牛逼的是一生有安全感地端莊。這類回答的變形是：最牛逼的是一生有愛，愛和被愛，一直，一生一世。也有女性的回答簡單直接：最牛逼的是嫁了很帥、一直很帥、不斷更帥的老公。也有女性比男性更少羈絆：最牛逼的是想幹甚麼就幹甚麼，幹甚麼都像模像樣。也有女性的回答是要呵護，其中的變形包括：最牛逼的是呵護自己的孩子成為了不起的人，呵護自己愛的男人成為了不起的人，呵護自己的國家成為了不起的國家，抱抱、親親、舉高高、轉圈圈，或者被抱抱、被親親、被舉高高、被轉圈圈。

也的確有女性的回答和男性類似：終極牛逼還是不朽。立功：做成一些絕大多數人做不成的事兒，做成一些讓千萬雙手都為我叫好鼓掌的事兒，讓我的名聲比我的胴體流傳得更久遠。立言：雖然做不出膾炙人口的「黃花瘦肉湯」，但是寫出了「人比黃花瘦」。

綜合男性和女性對於這個終極問題的答案，我感到困惑的是：甚麼是立德？

是樹立做人的標準？此事在《左傳》時代，在全球範圍，已經被老子、孔子、釋迦摩尼、耶穌等等基本做完了。是在認知上、在修煉身心上符合這些標準？或許是。

是獲得上天的眷顧？天意即是德運，上面幾輩子積德，這輩子被天選，這輩子繼續積德，下輩子不會被雷劈。或許是。

是制定管理自己、管理團隊、管理艱難複雜事物的標準並且信受奉行？在這點上，曾國藩是千古第一人，為師為將為相，在晚清，手裏一把爛牌，生生成事，救人無數。或許是。

儘管我不確定「立德」到底指甚麼，然後我的直覺莫名其妙地認為：世界的德，天地的心，讓女性來立，宇宙會更美好。

篇後語：

在我印象中，這是我第一次寫篇後語。對於我，寫一篇千字文不是非常困難的一件事，想清楚了再寫，筆墨行於不得不行，止於不得不止，為甚麼還要寫篇後語？

「立德立言立功三不朽」，我總是在想，「立德」是甚麼？似乎總是欠一些，沒想透。寫這篇千字文的時候，我似乎有了一些交代，但是，我心裏清楚，還是有層紙沒捅破。

寫完這篇千字文後，不久的一天，我偶然看到一句古話：

「道德傳家，十代以上；耕讀傳家次之；詩書傳家又次之；富貴傳家，不過三代。」

我愣了很久，想了很久，我想通了。

立德是：智慧，慈悲，美感。智慧是三觀、方法論、進退的分寸、對靈慾包括情緒的管理等等。慈悲是善良、底線、同理心、有所不為和有所必為等等。美感是對於眼耳鼻舌身意綜合愉悅的感知力和鑒賞力，說不清但是就是知道。

立德是一切立言和立功的基礎。德立，口吐蓮花和攻城略地的成功概率就高出很多。德不立，的確有少數天才依舊能口吐蓮花、少數運氣超好的人依舊能成事，但是，這樣的立言和立功往往不能持續，本人不能善終。

從這個理解出發，如果能夠把上述的道德傳給後輩，牛逼十代以上；把耕讀的習慣傳給後輩，希望他們能簡單守成，牛逼六到十代；把讀書寫書的能力傳給後輩，希望他們立言，牛逼六到三代；把財富和權勢傳給後代，希望他們立功，牛逼止於三代之內。

儒家是精英主義教育，闡述的對象是官員和士人，不是普通人。普通人不需要立德，做個自食其力的善良人，就好。

不想把美好的世界 留給那些二貨們

我不是好勝，我只是不想把這麼美好的世界留給那些二貨們。

我和其他地球人一樣，也有一個媽。他們那一代人，從小到大經受了很多苦難，比如我姥姥生了十個孩子，只有我媽和我舅舅活到成年。我媽小時候被判定沒救了，被扔到亂墳崗子，兩次，第二天有人路過，聽到嘹亮的哭聲，又把我媽抱回了村子。

他們那一代人，從小到大又一直為生存忙碌，沒甚麼興趣愛好。有一次我哥、我姐和我聊起我們爸媽的興趣愛好。

我哥說：「他們還是有興趣愛好的。老爸熱愛賭博，老媽熱愛吹牛逼。」

我想了想，也對。

老爸一直熱愛胡同口的棋牌室，每年都渴望大年三十兒的到來，每年大年三十兒，我哥、我姐、我都會趕回北京，陪他打一通宵麻將。初一的太陽升起來，老爸給大家煮一鍋餃子，大家熱騰騰地吃了，然後，他每年一次豪邁地振臂高呼：「再打四圈，然後睡覺！」

老媽一直追求「第一、唯一、最」，她把這個特點歸功於她的蒙古基因：「我們是成吉思汗最小兒拖雷的後代，孛兒只斤·拖雷，知道不？最能打的那個。整個地球上，誰不服，就打他。你們三誰不服，我就打誰，打服了算。我是孝莊皇后的後代。孝莊皇后知道不？大清國唯一一個蒙古皇后，也是最美的一個，我們那支兒的，我姥姥的姥姥的姥姥。要不然，我怎麼長得這麼美？你們也不動腦子想想！」

「您就吹，接着吹。」

「甚麼叫吹啊？你查去。我從來不吹牛，我說的都是事實。」我媽說。

我媽下樓倒個垃圾，都要化個濃妝、穿個貂兒。「你們知道我為甚麼這麼做嗎？因為大家都說我是廣渠門外垂楊柳最漂亮的老太太，我不能讓大家失望。」

我媽對於牛逼的追求也害了我。高考之前，我被保送北京醫科大學（簡稱北醫，現在的北京大學醫學院）。我徵求我媽的意見。

「為甚麼要被保送？」

「被保送了之後，我就可以有半年時間，讀閒書、喝啤酒、和長得美的女生聊天。每天坐在教室裏，喝口啤酒，看眼夕陽，周圍是其他撅着屁股往死裏唸書的我的同學們，如是一百八十天。此樂何極！」

「北醫是全國最好的醫學院嗎？我就不問全世界啦。」我媽問。

「不是。還有個醫學院叫協和醫學院。上北醫，學五年，上協和，學八年，出來就是醫學博士。」我回答。

「那你要那個保送幹甚麼？」我媽問。

於是我考了協和，在之後的八年中，我的高中同學們在各自的大學裏、工作單位裏，喝着啤酒、泡着妞或者小鮮肉，看着夕陽，我在東單三條九號院裏撅着屁股往死裏在唸書。

「所以，咱們不要像咱們爸媽那樣，我們要有個認真的興趣愛好，更豐盛地過我們這一生。比如，老哥愛種花，老姐愛戀愛，我愛寫作，業餘寫作，但是寫得不業餘。」我對我哥、我姐說。

「你沒戲了。你基因不好，繼承了太多咱媽的基因。

咱們家，你和咱媽最像，你最大愛好也是吹牛。」我哥悠悠冷冷地說。

聽到之後，我第一個反應是否認，但是冷靜一想，似乎我哥說的也對。自從我被我媽追求牛逼的氣勢逼進協和之後，我就在追求牛逼的路上一路狂奔：協和畢業後，去GDP最高的國家學商，學商畢業後進最好的諮詢公司，諮詢公司之後進最大的客戶/業務最廣博的央企，在央企集團總部做了兩年戰略之後，在這個平台上創亞洲乃至世界最大的醫療服務集團；在文章上，在第一本長篇小說《萬物生長》出版之後，因為叫好不叫座，又出了它的前傳和後傳，構成北京三部曲，自認為是古往今來最好的寫青春的中文，又想證明自己也能編故事、寫非現代非自傳的小說，就虛構了關於唐朝禪宗和尚的小說《不二》，在香港出版後又成了香港出版史上最暢銷的長篇小說。

這種對於吹牛逼和追求牛逼的興趣愛好不是沒有副作用。如今，除了驚嘆號，我媽已經不會用任何其他標點符號了。我年過半百，還是覺得工作比玩耍好玩兒多了，沒生大病就休息一天，是種罪過，甚至決定衰年變法，半百創業，九九七地再幹到生命盡頭，甚至每年十月初的時候，心中暗暗暢想，我如果活得足夠長，會不會拿個諾貝爾文學獎呢？

這不是我媽附體嗎？這不是精神有毛病嗎？

「我不是好勝，我只是不想把這麼美好的世界留給那些二貨們。」我和我哥爭辯，心裏發虛，嘴上不承認。

我忽然意識到，投胎是個技術活兒。我不得不承認，我媽對我的影響比我想像中的還大。

投胎有風險，來生當謹慎。

趁早，趁早，
養成好習慣要趁早

人類六歲就已經老了。

因為一些可以說和一些不可以說的原因，我對於心理學、特別是兒童心理學的興趣大增。可以說的原因是，我同齡人的孩子們都大了，到了上大學甚至走向工作崗位的年紀了，我最近受朋友之託，頻繁見了好幾個二十來歲的兒子和閨女們，感觸良多。

這些二十來歲的年輕人身上有很強的共性，比如，都受過極其良好的教育，基本都是本科「哈麻牛劍」、「北清交復」，都見過世面，知道 DRC、波爾多五大酒莊和香檳王，知道萬寶龍和愛馬仕，知道三坑兩澗和日本三大食神，也都心懷天下，憂心宇宙進程、人工智能和中美關係，也都長得高高大大、神清氣朗，中英文俱佳，多數還能看得懂日文、法文和西班牙文菜單。可是，一頓飯吃下來，我心裏對他們充滿擔憂。

我受過嚴格的臨牀醫學訓練，儘管離開臨牀一線很多年，但是基本的醫學思維能力都在，而且還能找到和我年紀相仿的各個臨牀專業的頂尖專家。我受過嚴格的商業管理訓練並且長期實踐，儘管不為人所知，但是確實是頂尖的戰略管理專家。

奇怪的是，很少有朋友問我醫療問題。

「因為你熟悉的都是疑難雜症或者重症，我一問我的病應該怎麼辦，你就說沒事兒，過兩天自己就好了，再問，你就說，多喝水。」朋友們通常這麼和我解釋。

更奇怪的是，更少有朋友問我戰略問題。

「因為你總是打擊我們，總認為我們不是做那件事兒的那塊料。」朋友們通常這麼和我解釋。

當初，朋友們託付我，再忙也和他們的孩子們吃頓飯，教育教育晚輩，我就又奇怪了：「我不是教育專家，我又不好為人師，我又不愛說話，幹嘛讓我教育晚輩？」

「因為你看問題準，說話坦誠，我們想你見見孩子，看看他們問題大不大，如果問題大，看看還有補救的方法嗎？」朋友們這麼和我解釋。

這樣的飯吃過六、七頓之後，我得出來的結論類似：儘管孩子們的背景都很優秀，但是問題都很大，補救的方法很少，如果不是沒有。

朋友們和我講：「你現在知道為甚麼求你和他們吃頓飯了吧？我們愁死了，想和你確定一下他們是不是有問題，以及該怎麼辦。」

的確有問題：比如，他想要和我吃飯，但是嫌麻煩，堅持讓我訂餐；比如，我訂好了非常難訂的餐廳，提前一天又囑咐了一次，不要遲到，還是遲到了半個小時；比如，吃飯時一直在照相、發朋友圈，掉食物、掉筷子、掉無形文化財匠人做出的盤子和盞；比如，我問他工作找得怎麼樣了？發了多少封求職信？他說最近倫敦城裏好的藝術展覽太多了，先忙着看完，再仔細打磨求職信；比如，我說，別再照了，主廚已經提醒你一次了，他說，主廚就是客氣，我照完發朋友圈，給主廚提升人氣，請他不要客氣，不要不好意思哦。

我非常確定，我如果招聘，我不會給這樣的兒子、閨女們一個工作，哪怕他們「哈麻牛劍」、「北清交復」，哪怕他們貌美如花。

「你現在還花你爸媽的錢嗎？」我問。

「花得很少了。除了房租、學費、每月的伙食費，他們幾乎很少給我錢了。我爺爺奶奶和外公外婆還給，他們說他們沒力氣花。你們這一代都忙，我父母在我小時候也沒時間管我，我是爺爺奶奶帶大的。他們讓我多花點，然後告訴他們一些新鮮事兒，我就花唄。馮叔，您別愁眉苦臉的，找個工作有甚麼難的？可是我清華畢業，不能去送快遞啊！打包發快遞都跌份兒！我如果發快遞，我爸樂意，我爺爺奶奶還不樂意呢。不着急，不害怕，不要臉，馮叔您的九字真言啊。不着急，馮叔。」兒子們說。

的確沒甚麼改進方式。如果是身材和容貌問題，還可以請私人健身教練，還可以考慮醫美手術。如果是知識和技能問題，還可以再上個「哈麻牛劍」、「北清交復」的碩士甚至博士，還可以仔細讀讀講結構化思維和表達的《金線》。可是這些二十來歲的年輕人呈現的三觀和習慣的問題，有甚麼有效的改進方式嗎？

我又重新讀了一些弗洛伊德的書，還是覺得臆斷偏多，人類對於人腦如何發育、如何工作所知甚少。傳說中他的一句話倒是讓我深思，他說，人類六歲就已經老了。

唉，成名不一定要趁早，但是，下一代好習慣的養成，還是要趁早，趁早，愈早愈好。

生命有限，知止永遠強於拼命裝逼

天下武功，唯快不破。天下讀書，唯笨不破。

我最近出了一本書評集《了不起》，賣得出我意料的好。讀者中有些是少年，更多是少年們的媽媽爸爸。其中不少媽媽爸爸通過各種渠道問，馮老師，應該如何讀書？

我知道，人之患在好為人師。我不知道別人的狀況，我不能拿我的經驗強加在別人身上。而且好些我的經驗都是花了大時間和大價錢和大淚水得到的，為甚麼要輕易給別人？何況，即使你說一加一等於二，在這個世界上還是有人會反對，生命有限，好玩的事兒太多，何必要花時間和這些人溝通？

但是，我換個角度想，讀書是人類最簡單的奢侈。少去一次酒吧，省下來的錢就可以買三五本經典書籍。即使你是首富，你能買到的最好的智慧也就是這三五本經典書籍。鼓勵讀書，引導讀書，總沒有錯。另外，即使我說的讀書經驗全是不適用於他人的，它至少是我走通過的，可以作為他人的一個拐杖、一個參考。

所以我還是違反祖訓，傾囊而授，講講我的讀書方法。

不着急，不害怕，不要臉。

這九字真言是我發明的，原來講的是在世界上成事的三觀。「不着急」是指對時間的態度，「不害怕」是指對結果的態度，「不要臉」是指對他評的態度。

最近我發現，這九個字，也適用於讀書，是很好的讀書方法。

不着急，是指給成長以時間。讀書的確能增長智慧，但是不要期待讀了一遍《論語》，就能成為孔子，就能安天下。古人說，讀書破萬卷，下筆如有神，其實也強調了耐心，破是指認真讀和反覆讀，破了萬卷之後，下筆才能有神，破了一卷，還早，還在早上的迷糊中，還分不清東南西北。需要祛魅的是，萬卷沒有我們想像的那麼多。古書通常簡短，萬卷也就是一千本書，《資治通鑒》一本書就有二百九十四卷。一週讀兩本書，一本可能沒那麼多閱讀快感的經典，一本自己有閱讀快感的新書，一年下來，就是一百本，十年下來，就是讀過萬卷書的人了。

不着急，還指讀的時候不要匆忙。沒有人催你，你也不要惦記着用號稱讀書多去顯擺，去泡妞。讀書只是為了打發無聊、增長智慧、脫離苦海，沒甚麼可以顯擺的。我不理解為甚麼有些人崇尚倒背如流，我也不理解為甚麼有些人崇尚一目十行。這些都是外道，不要搭理。

不着急，甚至意味着花些笨工夫，比如，背字典，英文字典、《新華字典》、《古漢語常用字字典》；比如，背詩詞，《唐詩三百首》、《宋詞三百首》、《千家詩》。天下武功，唯快不破。天下讀書，唯笨不破。

不害怕，是指給自己以信心。無論某本書的作者是多麼了不起、多麼如雷貫耳，不要害怕，平視他/她。求真，祛魅，不薄今人愛古人，認可天才的存在，但是也確信，我們都是地球人，天才也有很多局限。

不要臉，是指給不完美以容忍。沒人能讀盡天下書，沒人能盡知天下事。不知道商鞅原來是不是衛國人、武則天十幾歲失身，不丟人。不知道一些字的發音，不丟人。沒有讀盡《四庫全書》，不丟人。生命有限，知止遠遠強於拼命裝逼。拿我舉例，我把多重積分都忘了，我沒細讀過任何一本西方哲學，今生我也不想了。

以上，掛一漏萬，分享我的九字讀書法。

腹有詩書氣自華，人醜更要多讀書。

世界兇險，少年，多讀書，磨好劍，江湖見。

阿爾法男的困境

即使你做到最好，為甚麼還是得不到你想要的一切？

我最近終於讀完了菲茲傑拉德寫的《偉大的蓋茨比》，想給他寫封信，討論一下，為甚麼這本小說能流傳下來，近一百年後還有人閱讀，還被人拍成電影，Tiffany 還做了一套電影周邊產品：一副袖扣和一枚男戒。

菲茲傑拉德二十四五歲成名，成名不算太早，四十四歲去世，去世時正值盛年，算英年早逝。他的一生不長，他還酗酒成性，寫作的時間有限，一生中寫的東西不能算多，一共只有四個長篇小說，《偉大的蓋茨比》是他的第二部長篇。而且，在他的生前，這部小說賣得並不好，一本不厚的書，一個很老套的故事。菲茲傑拉德生活在第一次世界大戰前後，和他同時代的一些作家並稱「迷惘一代」。那個年代，作家中有不少好手，比如喬伊斯、艾略特、吳爾芙、海明威、龐德、斯坦貝克、亨利·米勒等等，他們都寫出了不少牛逼的作品。在奔向不朽的路上，《偉大的蓋茨比》的競爭對手多且強。

聽說魚只有七秒鐘的記憶，人也是善忘的動物。估計美國人民當中能記住一百年來所有美國總統的比例不超過千分之一，估計中國人民當中能記住滿清十二個帝王的比例也不超過千分之一。一些紅極一時的作家一百年後在人民心中只剩下一個名字，剩不下一本著作，甚至剩不下一個人物或者一句話，更多紅極一時的作家一百年後甚至連一個名字都剩不下。每三個月，公司的電郵系統都提示我需要更改郵箱密碼，而且不能是之前三個曾用過的。我試圖記起我第四個女友的姓名和生日，實在記不起來了，儘管我清晰地記得她笑起來迷死人不償命的樣子。

那麼，為甚麼近一百年後，《偉大的蓋茨比》還有很多人閱讀？

因為怕忘記，我行李箱的側兜裏一直放一副袖扣，以備需要正裝出席的場合。有一次清理行李箱，看看有哪些不必要的東西可以拿出去減重，翻到帶有蓋茨比名字縮寫 GG 的這副袖扣，想到還有和袖扣配套的戒指，找出來戴着玩玩，方形黑瑪瑙戒面上陰刻一朵盛開的小雛菊（蓋茨比痴戀的女生名叫 Daisy，daisy 不做人名時的詞義是小雛菊），端端正正，深情搖曳。旁邊的書架上正好有《偉大的蓋茨比》精裝書，很輕，很薄，正好扔進行李箱，旅行時候抽空看。我記得很久以前試圖讀過兩次，每次都沒看完第一章，一個原因是第一章節奏很慢，男一號和女一號遲遲不出現，我擔心這本薄書會虎頭蛇尾不好看；另一個原因是菲茲傑拉德似乎喜歡用一些生僻詞彙和長句子，不如讀他同時代其他作家的作品那麼順暢。

這次，我斷斷續續讀到了一半，漸漸放不下來，加快了閱讀速度，很快讀完了。讀後半部的時候，一直在想，在這部小說裏，菲茲傑拉德到底做對了甚麼，他憑甚麼靠它打敗了時間？

第一，硬核。《偉大的蓋茨比》講述了一個很普通但是很普世的故事：一個小鎮青年，在一個讓年輕人憑自身雞雞和原力還能幹事兒的時代，在一個劇烈變化、體量巨大的國家，一個人明快決斷而又小心翼翼地爬到社會的頂層，還沒老到涉獵政治，還沒老到忘記愛情，忘記那些腦灰質裏、真皮層中見識過的美好、沒實現的慾望，一直純潔，一直記得沒得到的，然後處心積慮、不計成本、上竄下跳去找到慾望的源泉，那個女生，那個夜晚，那個無奈，那句話，那個躲不開的分開，然後遇到那個女生，然後被社會毫無意外地毀掉。痴情、野心、奢靡、姦情、兇殺、劣根，在一本小書裏，應有盡有。

Then wear the gold hat, if that will move her; if you can bounce high, bounce for her too, till she cry : "Lover, gold-hatted, high-bouncing lover, I must have you!"（那就戴個金燦燦的帽子，如果那能讓她心跳。如果你能蹦得很高，那

就為她蹦得很高。直到她叫：「親，金燦燦的帽子的親，蹦得很高的親，我要好好要要你！」）

這個故事，關於階層穿越，關於上流社會，是人愛看的「成功」故事。這樣的故事發生在這裏，也發生在那裏，發生在過去、現在和未來，而且，發生的時候，裏面總是憋着一股特別的勁兒，那股勁兒其實是人類發展的基本動力之一。在這個意義上，這個故事寫的不是過去，寫的是未來，寫的不是即將消逝的一群人，而是野心勃勃地去實踐「美國夢」的年輕人。只要美國夢還有，這個書就會有人看。

和其他硬核不同的是，這個硬核發生在最欣欣向榮的美國一戰前後，這個硬核是菲茲傑拉德自己的硬核：和蓋茨比一樣，他也從小鎮出發，涉及戰爭，愛上小鎮上他認為最美的女生，摸了她的小手很久之後來到紐約，試圖掙錢，失敗。他的女生拋棄了他。再試圖掙錢，「成功」。他的女生又愛他了，然後他很快掛了。

第二，簡單。菲茲傑拉德選了一個簡單的視角，把自己的經歷劈開成兩個角色，一個是蓋茨比，一個是蓋茨比女神的表親，整個小說的視角是這個表親的視角。幾十年後，世界各地的成人愛情手抄本都紛紛採用了這個視角，「壞人」都是女一號的表親。這個表親通過蓋茨比觀察世界，這個蓋茨比通過表親重新認識Daisy。《偉大的蓋茨比》

在第一章之後，懸念、象徵、符號變得非常明顯，直錘人心，讀者非常容易有帶入感。在一切懸念消失之後，在蓋茨比和 Daisy 厭倦彼此之前，在人性的黑暗襲來之前，菲茲傑拉德安排蓋茨比在一場大酒之後車禍，這場車禍後被路人甲槍殺掉，這也是最簡單、最抓人眼球的一種處理方式。幾十年後，很多自媒體公眾號都紛紛採用了這種寫作方式。

第三，困擾。在不到三十歲的時候，菲茲傑拉德就通過《偉大的蓋茨比》觸摸到人類在度過青春期之後最大的一個困擾：作為男人，即使你做到最好，為甚麼還是得不到你想要的一切，甚至得不到一個你最想要的女子，甚至一個晚上的安寧？

不朽不易，菲茲傑拉德應該謝謝他的蓋茨比，也祝他在某個空間繼續和他的 Daisy 糾纏不已。

想起三十歲以來 沒幹夠的事

和愛的人、而不是對自己有用的人消磨時間。

現在回想起來，我對三十歲毫無印象。如果不細查硬盤備份，絞盡腦汁兒我也想不出 2001 年大致是怎麼過的，甚至想不起來三十歲的生日是怎麼過的，吃了啥、喝了啥。從保存記憶這個角度看，2007 年出現的智能手機也不全是一個讓人類異化的惡魔。

「三十而立，四十不惑，五十而知天命。」孔丘這麼說的時候，人類平均壽命不足四十歲，我這麼寫的時候，人類平均壽命接近八十歲。由此窺見，人類的智慧並沒有因為科技的進步而加速成熟。可能是因為基因編碼，可能是因為激素水平，無論古今，不同年齡的人還是在腦子裏忙活不同的主題。

儘管如此，前事不忘後事之師，我三十歲的時候如果能知道我五十歲的一些優先排序，我或許能把三十歲到五十歲的這二十年用得更好一些，少一些後悔的事。

友人發給我一張單子，裏面包含一些人類容易忽略、但是重要的事。純粹根據個人好惡，我做了增減。儘管世上沒有後悔藥，我還是想說給我的三十歲聽聽，產生一些隱隱的悔意，激勵自己從現在五十歲開始，多做做這些重要的事兒。

第一：交兩、三個無用的朋友。

現在想來，這輩子給我最大滋養的不是最幫我的人、最寵我的人、最讓着我的人、最順着我的人、最教育我的人、最信任我的人、最不願離開我的人，而是最無用的兩、三個人。他們讓我看到月亮的暗面，讓我放鬆喝口不涉及名利的酒，讓我知道 CBD 之外，世上還有瓦爾登湖。

第二：培養一個無用的愛好。

這個愛好能讓我戰勝無聊，變得有趣一點，認識些無用而好玩的朋友，面對無常。無論春夏秋冬、得志與否，都能有一葉扁舟，

小舟從此逝，江海寄餘生。

第三：去一個永遠成不了景點的地方旅遊。

我列三個我需要常去的地方：我的故鄉，廣渠門外垂楊柳；北大燕園；協和醫大解剖樓。多去故鄉，時間走得慢。燕園是世界上最美的校園，沒有之一，常親近大學，讓我

知道名利之外，還有智慧之海。解剖樓讓我清醒，死亡是所有人類的必然。

第四：收藏兩三件不能增值的舊東西。

我有一件寫作時穿了多年的睡衣、收到的一紙箱子信、從小學一年級開始的日記（四、五十本了吧）。

第五：愛過一個不可能和你在一起的人。

我後來想，不在一起可能是更好的安排，儘管不甘心，但是愛不會被「柴米油鹽醬醋茶」了去。

第六：和愛的人、而不是對自己有用的人消磨時間。

年輕時和自己有用的人消磨時間，天經地義。但是，也要有度。擠出一部份時間和愛的人消磨，很可能不影響事功的成敗，但是很可能增加人生的幸福感。

第七：穿一件青春期都不敢穿的衣服逛街。

爭取一個月一次。我沒想好，在北京，有甚麼出格的衣服可以在冬三月穿。

第八：寫一部永遠沒希望出版的長篇小說。

在寫了。我覺得儘管希望渺茫，但是還不是絕對沒希望出版。

第九：遇到人生困境時，一覺睡到自然醒。

人生第一能力是酣睡的能力。能睡的人，命都不會太壞。

第十：不期待任何好處地幫助一個人。

人都是要死的，一切都留不住，包括力氣和錢財，與其浪費，不如給予。

第十一：和父母吃飯時全程不看手機。

我當時沒有做到，我很後悔。

第十二：與陌生人做一次善意交流。

當着很多陌生人演講算嗎？

第十三：信任人，和上邊派來的人一起成事。

哪怕被人暗算，哪怕被人說「你傻啊」，在沒有確實證據前，選擇信任人，是過一輩子，選擇不信任人，也是過一輩子。還是信任人過一輩子更舒服。

第十四：研究一個冷僻的課題。

紅山玉算嗎？從《資治通鑒》看管理算嗎？僧安道一的書道藝術算嗎？

第十五：收藏一種已近失傳的傳統工藝。

商以前高古玉，宋金元茶盞。

第十六：發明一件申請不了專利的東西。

每週輕斷食法，算嗎？

第十七：將垃圾按垃圾桶標識去分類。

好。

第十八：為自己想一句墓誌銘。

詩人。

第十九：學一門已經死去了的語言。

甲骨文。

第二十：買一個花瓶，一星期買一次花插在裏面。

花瓶買了，不止一個。以後買花更勤一些，哪怕是買給自己。鮮花有治癒能力，儘管我沒想清楚是為甚麼。

第二十一：幫電梯裏的人按下他們要去的樓層。

一直奉行。

第二十二：有兩、三個具有排他性的至愛品牌。

書寫和手錶，萬寶龍。跑步服，New Balance。天婦羅，雪崴。出行，滴滴。

第二十三：每天閱讀紙質書三十分鐘。

一直奉行。

第二十四：向自己傷害過的人致歉。

沒傷害過甚麼人啊。

第二十五：保留日記，直到宇宙盡頭。

好的。

第二十六：學一道新菜，做給所愛的人。

在新冠期間，我學會了如何把餃子煮熟。

第二十七：和你的鄰居打一聲招呼。

一直奉行。

第二十八：喝止一個插隊的人。

做過一陣，差點被打，停了一陣，以後繼續喝止。

第二十九：不去糾正和你三觀不同的人。

人過了三十歲，三觀很難被改變了。你看我傻逼，我看你傻逼，點到為止就好了，看破不說破，看穿不說穿。這點，我做得愈來愈好了。

第三十：偶爾毒舌。

在法律法規允許下，去他媽的溫良恭儉讓，覺着憋得慌，就罵吧。

如何和「偽女權主義者」和平共處

愈獨立的女性愈坦誠從容，反而愈容易相處。

四十不惑，五十知天命，我從四十漂向五十歲，遇上的困擾愈來愈少，愈來愈能替存在的現象找到原因，愈來愈能不去想那些無可奈何的事情。最近一個百思不得其解但是又不能完全釋懷的困擾是：如何和「疑似女權主義者」和平相處？

我的生活簡單，大部份時間給了讀書和工作，生活中，我深入接觸的人類很少，長期以來，我老媽是我了解女性的主要來源。新中國、新時代、新夢想，毛主席說，婦女能頂半邊天。基於我對我老媽的觀察，半邊天真是說少了。如果我老媽生在商周之前，頂替或者配合女媧補天，整個兒天都應該是婦女的，天似穹廬，籠蓋四野，天蒼蒼，野茫茫，一幫二逼男的在下面四處忙。我對於女權主義的最初印象全部來自我老媽。

在漫長的共同生活中，我老爸、我老哥和我各自找到了合適自己的應對我老媽的方式。

我老爸的方式是躲。他躲到做菜裏、茉莉花茶裏、麻將牌裏。他從來沒想過在工作中攻城略地、開疆拓土，他用極其有限的錢在北京這個食材極其貧瘠的城市尋找食材，用盡心思和時間烹飪，在北京這個難吃到哭的城市讓我們幾個吃到有滿足感的食物。他喝非常濃的茉莉花茶，睡不着就去打麻將牌，湊不夠手的時候就在電腦上「鬥地主」。對我老媽說的話，他選擇性過濾掉，只是似乎在聽，從不反應，笑笑，然後繼續做菜、喝茶、打牌，我忍不住要替他和我老媽去理論的少數瞬間，他都會按住我，說，別理她，不要和她一般見識，她更年期（估計這句也是政治不正確的，是要被女權主義者批判的）。

我老哥的方式是逃。他逃去遙遠的外地去上大學，他不到中午十二點從不起牀（他起來時我老媽早就去世界上廝殺去了），他提前退休歸隱東海之濱。他和我坦誠交代，他不能和我老媽呆在同一個城市，否則總覺得劈他的雷就在我老媽所在的小區上空徘徊，我老媽一閃念，雷就奔往劈他的路上。

我的方式綜合了我老爸的躲、我老哥的逃，偶爾用用游擊戰，和我老媽戰鬥一下，鬥不過就躲、就逃。我躲到我老媽不懂的英文原文小說裏、《資治通鑒》裏和《中國出土玉器全集》裏。我逃到幹不完的工作中、妄圖打敗時間的寫作中和無盡的為人民服務中。在偶爾的游擊戰和遭遇戰中，我基本上鬥不過我老媽。我擅長的 PPT 和小黃詩派不上用場，我的九字真言「不着急、不害怕、不要臉」蓋不住我老媽「更不着急、更不害怕、更不要臉」的十二字真言。她一句，我操你媽，就秒殺得我啞口無話。

儘管在飄滿我老媽的天空下生存了下來，我還是缺少足夠的智慧理解她，理解女權主義者們：您們到底要甚麼？

我可以選擇逃和躲，雞犬相聞，老死不相往來，有事打電話，沒事別聯繫。但是，作為一個貪財好色的婦女之友，作為一個認為女性是高於男性很多的女性主義者，作為一個前婦科大夫，我還是禁不住深入思考。

你如果要求男性「禮樂射御書數」，霸道總裁，酒桌沙場手把紅旗立潮頭，可以。你如果要求男性相婦教子，早九晚五，「潘驢鄧小閒」，可以。但是，你如果要求既「立德立功立言三不朽」又「艷光四射小奶狗」，這個，違反常識啊，神啊，臣妾做不到啊。

你可以要求男性也呈現男色，保持體重，乾淨養眼，保持體力，娛人娛己。但是，你如果要求男性不覺得女色是世界上最美的顏色（如果不是之一），否則就是直男癌，就是物化女性，就是性騷擾，就是臭流氓，這個，違反獸性啊，獸性也深深地印在男性的基因裏，也是男性人性的重要組成部份，神啊，臣妾做不到啊。

你可以要求個別男性仰慕你，痴迷你，崇拜你，敬仰你，對你說，「你猜我最想喝甚麼？我最想呵護你。」但是，如果你要求所有男性在所有時間裏都如此對你，這個，違反現實啊。現實裏你或許漂亮，但是還沒漂亮到奧黛麗・赫本（Audrey Hepburn）一樣、邱淑貞一樣的女神；你或許有才，但是還沒有才到李清照一樣、楊絳一樣的女神。阿諛奉承，趨炎附勢，說你是第一、唯一，是光。神啊，臣妾做不到啊。

你如果要求男性乃至整個世界都平等地對待你，可以，毫無問題。在我的觀察裏，很多男性和我一樣，特別贊成男女平等，甚至支持女性站着撒尿，特別支持女性獨立，愈獨立愈好，甚至支持女性買單、定期服用避孕藥、請代孕生子。愈獨立的女性愈坦誠從容，反而愈容易相處。你如果要求男性乃至整個世界在一些女性天生弱勢的地方更偏袒你，可以，毫無問題。在我的觀察裏，很多男性和我一樣，會替女性提拿重行李，會贊成女公廁面積大些，會搶着買單，會替女生開門，會被女生打罵而不還手還嘴。你甚至可以提出你不想談論的話題清單：婚姻狀況，感情生活，宗教信仰，性以及性暗示，體重變化，精神疾患，是否整容，偶像的壞話，等等。但是，請理解，不是多數男性都心藏大惡去貶低你、去窺探你的隱私，多數男性只是像談天氣一樣談論你或許認為是禁忌的話題。其實，用常識想想，有多少男性會真的關心一個年過半百的小姐姐是否婚配、是否有情人、是否抑鬱、是否每週有人陪着分一瓶紅酒？

「我想要獨立，你就不能管我。我想要撒嬌，你就得全包。」如果號稱女權主義者要的都是對女性單向有利的東西，那不是就成了女利主義者？

地球孤獨，人類孤獨，感謝給我們擁抱的臂膀，願兩性相互理解，願世界和平。

用甚麼標準 選個靠譜的男朋友

他能不能讓你笑、能不能讓你爽、能不能讓你愛不釋手、能不能讓你朝思暮想。

在我漫長的前半生，我從來沒交過男朋友，但是有好多女性問我如何選個靠譜的男朋友。我想，她們覺得我本身是男的，應該知道一些內幕；我年紀夠大，應該有一些智慧；我原來做過長期管理諮詢，應該有不可遏制的解決任何問題的衝動以及結構化思維的訓練。這些女性當中，有些是年輕漂亮的女生，我的基因編碼告訴我，任何男生都是配不上她們的（當然包括我）。我如何有動力認真思考讓她們找到靠譜男朋友的議題？有些是風情萬種的小姐姐，我的常識告訴我，她們早就有了諸多人生體驗，在這個議題上試圖給她們任何建設性的意見都是徒勞的。她們不找男朋友或者亂找男朋友，對於她們自身或者人類社會，很可能都是好事。

我只能假想我有個二十出頭的女兒，一頭霧水，全身青春誘惑，如果她問我如何找個靠譜的男朋友，我該如何作答？

第一個想到的標準是東周時代孔丘推崇的六藝：禮、樂、射、御、書、數。知道禮數和進退，能帶得出去，不容易淪為純傻逼。會寫詩和彈琴，無聊的時候可以自娛自樂，停電了也不怕。射得又準又遠，估計體能不錯，或許脫了上衣還能有六塊腹肌。車開得好，不路怒，能帶着女生到處玩耍。漢字寫得好，審美不會太差。數算得清，懂 CAPM 模型（Capital Asset Pricing Model），不會太缺錢。

如果一個男的這六個方面都做得不錯，應該也算是君子了。但是這畢竟是東周時代衡量男性的標準了，和現代生活距離有點遠，會不會射箭和駕馬車似乎不該佔那麼重的比重了。這六方面又有些過於強調平衡，六藝如果都做得很好，這貨都可以做宰相了，當男朋友有些浪費或者無聊。

第二個想到的標準是唐朝甄選官員的四條標準：身、言、書、判。唐朝是個從容坦誠的朝代，好男兒都去當官，哪怕當官，第一標準還是長得帥和身材好，賞心悅目，老百姓喜聞樂見。第二個標準是口頭表達好，會說話，嘴甜。第三個標準又是漢字寫得好，看來書法在漫長的歷史長河中的確重要。第四個標準是公文判詞，對世界有基本正確的判斷，能想明白，能寫清楚。

一千多年過去了，我個人覺得這是一個很靠譜的選擇男朋友的標準，簡潔而有效。如果一個男生面目姣好、身材妙曼，說話聲音好聽、內容還算有趣，你讓他送你一個禮物：一封手寫情書。如果字跡悅目，文章動心，又的確是他自己寫的，這個男的大致就可以交往下去了。如果你怕情書內容狹窄，你就再考他一封手寫議論文，比如讓他談談中美貿易戰、AI如何加深人類的困境、人類如何在一百二十歲平均預期壽命的時代面對婚姻制度等等。

第三個想到的標準是明代《金瓶梅》裏王婆提出：潘、驢、鄧、小、閒。王婆說：「大官人，你聽我說。但凡捱光的兩個字『最難』。要五件事俱全，方才行得。第一件，潘安的貌。第二件，驢的大貨。第三件，要似鄧通有錢。第四件，小，就要綿裏針忍耐。第五件，要閒工夫。此五件，喚做『潘、驢、鄧、小、閒』。五件俱全，此事便獲。」用現代漢語翻譯，就是：貌似潘安，天賦驢稟，超級有錢，伏低做小，有閒陪你。

這個標準可能產生嚴重誤導。即使在《金瓶梅》的那個年代，這個標準也是指找情人的標準。到了社會主義市場經濟的如今，號稱符合這五個標準的，一百個裏有九十九個騙子。

世界已經夠無聊了，如果不想在找男朋友這件事兒上再用理性的標準，適度回歸動物本性，那就還有兩種方法。

一種是 Shoot & Aim，先射擊再瞄準，先相處一段，再做判斷。另外一種是回歸直覺。問自己幾個特別簡單的問題：他能不能讓你笑、能不能讓你爽、能不能讓你愛不釋手、能不能讓你朝思暮想。如果是，如果他也喜歡你，泡之，急急如敕令。

個體之間的鴻溝

個體愈來愈個體，人類的獸性愈來愈被人類的社會性壓制。

我最近讀報紙、讀新媒體，讀到三個和 Me Too 運動有關聯的新聞。

一個新聞是「因為性侵醜聞，2018 年諾貝爾文學獎可能被取消」，原因是負責投票選諾貝爾文學獎的十八名瑞典文學院士紛紛辭職只剩下了十一名，不夠慣例的十二名最低限。眾多院士辭職的原因是諾貝爾文學獎評委之一、北歐詩人 Katarina Frostenson 的丈夫 Jean-Claude Arnault 被實名指控在過去的十二年中多次性騷擾乃至性侵多名女性，辭職的院士覺得不齒與之為伍。2018 年有可能成為第二次世界大戰之後第一個評不出諾貝爾文學獎的年份。

另一個新聞是北大畢業生李悠悠實名舉報瀋陽教授在二十年前性侵北大中文系九五級本科生高岩，並致其於 1998 年 3 月自殺身亡。

又一個新聞是模特 KaoRi 在 2001 年到 2016 年為荒木經惟工作期間，在沒有簽署拍攝同意書的情況下，被迫裸體，薪酬低下。

Me Too，「我也是受害者」，別人受侵害也與我有關，我有義務不再忍耐，我也要發聲。稍稍搜搜，除了上述的三個新聞之外，Me Too 運動橫掃了世界各地很多名人，男性居多，阿爾法男性居多，馬里奧·泰斯蒂諾、特里·理查德森、金基德、拉斯·馮·提爾、伍迪·艾倫、塔倫蒂諾等等。

Me Too，直接的正義顯而易見：我們是本質善良的人類，我們有義務保護弱小的同類、保護婦女和兒童、保護老人、保護資源不如我們的其他人、保護自己。哪怕個體再弱小，也可以選擇反抗、選擇不寬恕。保護自己以及保護他人免受類似傷害的最直接方式是發聲，「你有屠龍刀，我有公眾號」。在波士頓猶太人大屠殺紀念碑上有一段話：「當初他們殺共產黨，我沒有作聲，因為我不是共產黨。後來他們殺猶太人，我沒有作聲，因為我不是猶太人。再接下來他們殺天主教徒，我仍然保持沉默，因為我不是天主教徒。最後，當他們開始對付我時，已經沒有人為我講話了。」

Me Too，為了避免未來可能的傷害，一開始就要勇敢，一開始就說出真實的想法：「我不喜歡你這樣碰我，你再碰我一下我就抽你、我就尖叫、我回去就寫公眾號。」

Me Too，為了避免未來可能的傷害，一直要勇敢，勇敢面對自己內心的變化：「即使我曾經喜歡過你摸我，但是我現在不喜歡了，你再碰我一下我就抽你、我就尖叫、我回去就寫公眾號。」勇敢走開，世界很大，目標很多，因為不想被侵害而放棄，不丟人，不忍受性侵，不一定得不到你想要的，忍受性侵，也不一定能得到你想要的。

Me Too，為了避免未來可能的傷害，要培養一些常識，比如不要涉險，不要和一個貌似忠厚、善良的人單獨相處，幾乎任何人都無法憑相貌判斷誰是強姦犯，一個人會背全唐詩也不意味着他酒後總能管住他的肉身；比如不要和與自己相差太大的人戀愛，這些差距可能表現在年齡、財富、權勢、智商、情商、乃至三觀，差距太大，接觸久了，容易被欺負或者欺負別人。

Me Too，為了避免未來可能的傷害，要鍛煉身體，能跑，能有點爆發力，練一兩招「一招制敵」，被傷害時能給對方製造局部傷害，能給自己贏得迅速逃開的時間。如果體質的確太弱，隨身攜帶點趁手的傢伙。

在對那些坐實了性侵的人渣痛恨之餘，面對諸多 Me Too 的案例，我也忍不住跳出來想：人類是奇怪而複雜的物種，人性包含着社會性、獸性和神性等多種成份，社會愈進步，人類個體之間的鴻溝似乎愈來愈寬、愈來愈難超越。這麼多 Me Too 中，多少含有某種形式的商業交易？多少含有真實的兩情相悅？多少含有因愛生恨？強姦違反刑法，鹹豬手違反道德律，更加嚴格的法律和道德律能在多大程度上減少性侵？多大程度上讓宅男宅女更宅？

一個似乎不能避免的趨勢是，個體愈來愈個體，人類的獸性愈來愈被人類的社會性壓制。或許會有一天，某個人類個體試圖和另外一個人類個體大面積皮膚接觸之前，一式兩份，要簽署有法律約束力的同意書。

這些難題似乎是人類亙古的難題，自古難兩全。孔丘強調「中庸」，不是強調苟且和得過且過，不是不同情弱者，而是告誡「過猶不及」。天上有星空，內心有道德律和常識，國有國法，家有家規，江湖有道義，人心有向背，自古如此，如今 AI 了，還是如此。

以上分析似乎不僅適用於男女之間，也適用於男性和男性、女性和女性、以及人類和那些小動物之間。

儘管如此，想起三十多年前沒經過我許可、在一個初夏的夜晚、在高中自習室門口的陰影裏強行奪走我初吻的女生，我還是有些懷念她。

今生最難對付的女生是老媽

您有您混世的魔法，我也有我處理油膩的技術。

老媽，見信不如晤，但我還是忍住，沒跑去八百米之外您的住處和您當面理論。我決定給您寫一封信，談談您的病。

在我記憶中，從小到大，我似乎從來沒給您寫過一封完整的信。小學時候老師出過一個作文題：我把祖國比母親。我和老師強烈建議，還是換一個類比吧，這個類比容易讓我們幼小的心靈留下對祖國的陰影。後來老師沒有接受我的建議，還要求去咱家深度家訪您。那篇作文我還是寫了，我自己在心中把作文題換成了：我把祖國比姥姥，好寫多了。從 2009 年《GQ》中文版創刊以來，我一直在封底寫公開信，寫了近十一年了，也算創了某個紀錄。這封信，我打算寫給您。因為是公開信，我的讀者們也會看到，我也和他們分享一下如何和老媽愉快相處。

2016 年您生日當天，老爸在午睡中走了，之後，您就開始一個人住。您承認您謊報過年齡，如果按您說的真實出生日期，您今年八十三歲了，就算按您身份證上的法定年齡，您今年也是八十歲了。我哥哥很早就不能承受和您住在一個城市裏的心理壓力，很早就離開北京去了海邊，面朝大海，對您的思念隨着海風起伏。我姐姐很早就定居美國，我們仨孩子裏面，她的鈍感力最強，大學時候拿過南京市青年運動會鉛球比賽冠軍，她一直歡迎您去美國和她住。您還是妙齡女子的時候，驅使着我爸，一會兒美國，一會兒中國，飛到美國一天之後，就念中國的好，就罵美國的無聊；飛回中國一天之後，就念美國的好，就罵中國的空氣。七十歲之後，您和我爸再這麼經常在中美之間來回飛，對身體實在是不好。我苦思冥想解決方案，心生一計，送給您一個七十歲生日禮物：為了保護您二老的身體和地球環境，以後您二老來回飛國際航班的錢，我不再出了，您二老自己負擔吧。老爸的錢當然也是全部被您管着，您二老的錢就是您的錢。從那以後，我說到做到，您也就再也沒有在中美之間來回飛了。我哥哥和我姐姐不能陪您，我只好硬着頭皮陪您，但是我也是人啊，我也不能承受和您住在一個屋簷下甚至一個小區。我在您小區旁邊的小區安頓下來，希望您一切平樂，我倆相忘於廣渠門外垂楊柳，「雞犬相聞、老死不相往來」，如果您萬一有急症，我用我三千米最好成績十一分鐘的速度奔向您。

您原來血壓一直偏低，十五年前開始血壓高，我說病因是您物慾太多、物執太盛，把屋子裏的東西扔掉一半，血壓就恢復正常了。您回我一個字：滾。您十年前開始吃降壓藥，但是您服藥情況和血壓狀況對外一直是個謎。近五年以來，特別是老爸走了之後的三年以來，您的血壓愈來愈控制不住，您開始喊頭暈。

您在頭暈的時候還在心繫宇宙、地球、國家、民族，特別是垂楊柳周邊的福祉，您在我們家的微信群裏說：「你們說，你們這個表妹是不是有病？」

「您頭暈好些了嗎？量量血壓，照張照片發出來。」我問。照片發來：舒張壓 120，收縮壓 170。

「您最近吃降壓藥了嗎？按時、按量、按醫囑吃了嗎？」我接着問。

「藥似乎沒有了，早就吃沒了。」您神志清晰。

「您知道，治療無效的第一原因是病人不遵醫囑。您還管別人的閒事？您把醫生給您的醫囑給我一下，藥物種類、藥量、服用方法，我幫您問一下第三方專家意見。唉，這個醫囑，您到底執行還是沒執行、執行了多少？您不說實話，最大的專家也幫不到您啊！」

「我的藥又找到了，我現在吃點，再躺躺，估計就能好。」

「降壓藥是要按時、按量吃的。說過無數次了，不能自我感覺沒症狀了，就隨便停藥！」

「你別和我吼。我不理你了。我休息休息，如果還不好，我明天自己安排去醫院，我不麻煩你，就算我沒生沒養你們仨。」

「您有嘔吐，特別是噴射狀嘔吐，或者頭痛，就打120，叫救護車。我可以安排車，送您去您醫保定點醫院。希望您不要去我投資的醫院，希望您不要搞特殊化、浪費醫療資源。上次您號稱膝蓋痛，瞞着我去我投資的醫院，在單間裏住着不出院。兩週後我回國逼着您出院，您收到的花裝了一輛我的阿爾法車。希望您不要搞特殊化，否則我很難做人。」

「你別和我嘮叨。我和你沒關係。你投資的醫院也是對外營業的，我自己能去。你放心，我自己能去，我也不去，讓你投資失敗！你如果當了衛生部長，中國所有的醫院我還都不能去了？笑話！我去協和？也不行啊，你從那裏畢業的啊。我去北京醫院？也不行啊，喜歡你的那個小護士升成那裏的護士長了啊。去北京別的三甲醫院？我不認識人，我也不知道如何掛號，照CT也排不上，我去它幹嘛？別人認出了我是你媽，我也不能否認啊。你不是總說，做人要誠實？我要休息了，我不會麻煩你的，你也不要煩我了。」

聽您的話，我又一次深深理解，那麼多好官員和好幹部是怎麼變成壞分子的了。即使他們自己潔身自好，他們的父母、子女、親朋好友、秘書司機、保姆警衛等等也會一步步把他們逼向深淵。

看您在微信群裏懟我的無窮幹勁兒和清晰邏輯，我的判斷是，大概率事件，您沒甚麼大毛病，就是自作主張不吃降壓藥、血壓沒控制好。我給我的院長打了一個電話：「郭院長，我知道我媽有你電話，如果她打電話給你，哦，已經打過了，如果她來咱們醫院，讓她接受正常診療，把她當成普通患者對待，不要給她任何特殊化待遇。我攔不住她提過份要求，但是我爭取能攔住你滿足她的過份要求。」我接着給我的司機打了一個電話：「老媽說頭暈，我估計沒大問題，她如果急症找你，你就帶她去急診。如果她讓你送她看門診，你也送吧。但是，記住兩條：第一，讓她自己付錢，你一分錢都不要出。第二，不要要求任何特殊化待遇，如果老媽要求，你爭取攔住她。不行的話，隨時給我來電話。」

我逐漸意識到，黨紀和佛法在您這裏都失效了，我還是把您當成另一個孩子對待吧。在世間，您有您混世的魔法，我也有我處理油膩的技術。放過把您往黨紀佛法上引，也就是放過了我自己。

放下電話，我用微信問一個我的朋友：如何和老媽愉快相處？他的答案是：想甚麼呢！人類還沒進化到那個程度。這是不可能的！

哭鬧得不到一切，也不該得到一切

父母應該做的第二點，就是和孩子們說好，不必成材。

在生命裏愈早見到的人，隨着生命的進程，再見的頻率愈小。工作同事，至少一週一見。大學同學，三個月、半年一見。中學同學，兩三年一見。

上次和中學同學見面，有些人已經不止十年沒見。老胡原來是我的小組長，輪到我們小組打掃衛生的那天，他負責分配工作：誰掃地，誰擦地，誰倒垃圾。畢業之後，在我們班所有同學之中，老胡第一個從事金融工作，用錢掙錢。他對匯率和北京房價的判斷永遠比那些著名經濟學家準確。他第一個結婚，找了一個長得像觀音的姑娘。他第一個生孩子，是個男孩兒。老胡曾經非常得意地和我們說：「我兒子非常壯實，五歲時就追着打我。」

這次中學同學在火鍋店見面，我匡算了一下，老胡的兒子應該在二十歲左右了。我和老胡說：「國家政策開放二胎了，你還不再要個孩子？」

老胡回答：「不要了。太累了。兒子十九了，還追着打我，學習不好，我太累了。」

「兒子學習不好，你累甚麼啊？」

「兒子抑鬱症了，純宅，社交恐懼症。他查看了全球一百多個大都市，認定，這個地球上只有東京這個城市適合人類居住。他要我給他買一個房子，房子所在的樓不能超過兩層，一層或兩層高的獨棟都可以，但是不能拿甚麼六層、七層的房子湊合。不去大阪，東京房價貴出大阪六倍，是有道理的。兒子說，如果東京住習慣了，就滿足父母和爺爺奶奶和姥爺姥姥的要求，在東京找個大學上。」

「你兒子能在東京自己生活？」

「兒子對於自己有切實的理解，他說了，他自己無法生活，他要求他媽去東京陪他。」

「如果你不答應他呢？不給他在東京買獨棟屋，不讓他媽，也就是你老婆，去東京陪他。」

「他就不上大學啊！甚至，他可能會去死啊。」

「那你為甚麼不能就讓他去死呢？」

「精神科醫生說，不能刺激他啊，他是個病人啊。」

聊到這個時候，火鍋已經吃得很熱鬧了，一瓶茅台也快喝完了。我索性更坦誠一點，接着問老胡：「咱們理論推演一下哈，如果你兒子五歲的時候追打你，你追打回去，讓他知道世界其實是有某種秩序的，他現在還會追打你嗎？如果你兒子十歲之前狂要的東西，你有理有據地拒絕，讓他知道諸事無我，他現在還會逼你買東京的房子嗎？」

「他上學很苦，總是學習不好。爺爺奶奶把他安排到了北京最好的小學，然後最好的中學。他一直在班上排名倒數第一，回家總是哭，我覺得應該多體諒他一點，多滿足他一點，他太不容易了。他經受的這些痛苦，是你們這種學霸體會不到的。」

我忽然意識到，老胡同學在孩子上犯了成年人常犯的兩個錯誤：所謂生活上太多縱容，所謂事業上太過要求。

讀《偉大的蓋茨比》，我腦子中一直在想，一些了不起的年輕人（比如蓋茨比）第一個需要明白的是：「你即使盡了全力，即使有了全部的運氣，即使做到最好，你還是得不到你想要的一切，甚至一個女子，甚至一個夜晚的安寧。」

延伸想，一些了不起的老人（不舉例了，那些曾經佔據雜誌封面和報紙頭條的）第一個需要明白的是：「你即使盡了全力，即使有了全部的運氣，即使做到最好，你還是躲不開厭倦。你很難像以前一樣渴望和狂喜，在死亡迎接你之前，厭倦會陪伴你很長。」

再延伸想，一切小孩子第一個需要明白的是：「你不是世界的中心，哭鬧得不到一切。」

其實，父母應該做的第一點，就是讓孩子們明白：你得不到你想要的一切，世界不是圍繞你來旋轉的，儘管你偶爾有這種錯覺，你最好平靜接受這一點。

其實，父母應該做的第二點，就是和孩子們說好，不必成材。人生三個基本目標：不作惡，開心，自己養活自己。如果能達到，就是很好的一生了。

老胡同學說：「如果把這人生三個基本目的說給我兒子，他會問我：如果人生第一個基本目標和第二個基本目標產生矛盾，怎麼辦？如果我只有作惡才開心，怎麼辦？」

Will you please be quiet, please?

儘管少年人諸多「二」處，「二」處如果都過去了，氣吞萬里如虎的勁兒也就沒了。

也可能因為是北京南城兒土著的原因，航空公司裏我一直最喜歡國航。國航雖然自帶各種吐槽點，我又自帶各種遺傳自我老媽的毒舌基因，但是至今為止，我沒說過國航一次壞話。對於我，國航的好處非常明顯：空姐比美聯航年輕很多，北方口音為主、我的南城兒口音極少被歧視，平均力氣比我大、不用我着急做雷鋒幫座位附近的其他女生把拉桿箱放到頭頂行李箱。個別年歲和我相仿的空姐大姐姐都早已經升了乘務長，在機艙她們就是女皇，三觀遠比我強悍。每次我妄圖吃兩口就補覺的時候，大姐姐會好心喝止：「你說你不餓你就不吃東西啦？你不好好吃東西怎麼能有力氣呢？沒力氣開會怎麼能開會有效率呢？不吃怎麼能長身體呢？多吃幾口再睡，然後飯飽睡足下飛機。」因為有這些大姐姐在，我總能雄赳赳氣昂昂地下飛機，以國為懷，以天地為逆旅，去開會，去為往聖繼絕學。也因為有這些大姐在，我總不怕身心被耗得太過，開完一切會，耗盡一切腦汁兒，只要掙扎着上了國航的飛機，還有這些大姐姐逼我吃東西，再滿血復活。

所以 2000 年到 2010 年，單飛國航，飛過了 100 萬公里，成了第一批國航的終身白金卡旅客。坐國航的時候，偶爾聽周圍意氣飛揚的年輕人們相互聊起飛行里程，諸如「我再飛五年，如果不換工作，就是終白，對啦，你還差多少？」，我常常感嘆，「少年熱血」，「少年心事當擎雲」，儘管少年人諸多「二」處，這些「二」處如果都過去了，這種氣吞萬里如虎的勁兒也就沒了。我 2012 年開始用一款叫航旅縱橫的 APP，到了 2019 年中，愕然發現，我又飛了 100 萬公里。在前半生裏，毫無懸念，睡得最多的地方是飛機，吃得最多的地方是飛機。我暗暗發誓，如果可能，儘管還會試着為往聖繼絕學，我餘生不要再和飛機有這麼多關係了，哪怕是國航。大姐姐們有她們老去的方式，我也有我的，希望不是繼續和飛機糾纏。

2019 年 7 月份，國航出了個牛大姐事件：某乘客在飛機開始滑行之後依舊打手機，某牛大姐強力禁止，再更強力禁止，此乘客關了手機後，大姐繼續強力禁止。牛大姐號稱是航空監督員，過程中國航其他小妹妹和小姐姐沒能干預。

此事的是非曲直我沒能全面了解（也很可能無法全面了解），所以無法評論。但是關於安靜這件事，我有足夠的經驗和體會，可以先聊。

第一問：為甚麼很多人不遵守禁令，在飛機開始滑行之後還打手機？在我飛過的兩百多萬公里中，我遇見過很多這樣的例子。我偶爾不得不旁聽，絕大多數電話內容不涉及生死存亡，隔幾個小時之後再打完全不會影響地球的安危。我不理解的是，為甚麼有明確規定的時候，又沒有極其特殊的理由，一個個體人類不能遵守？

我試圖依照「存在即合理」的假設去思考：如果作為一個個體人類認為相關法律法規有荒謬之處，為甚麼不直接去推動相關法律法規的修訂而是去違反它們？我似乎理解了一點，在這塊土地，完善法律法規或許很難成功，不遵守法律法規或許也很難遭到懲罰。

我的第二個問題來了：為甚麼很多人要給其他人添麻煩？在飛機機艙和火車車廂裏打電話或者放音視頻或者通視頻電話，非常明確地給周圍人增加了噪音。你周圍人沒有任何義務（或許和法律法規無關）去理解你的商業成就或者困境，也可能沒任何興趣去跟着你一起追看某個網劇視頻，更可能沒有任何興趣知道你視頻電話對面的奶奶有多麼愛你。

安靜、乾淨是文明的開始，也是文明的終極構成。己所不欲，勿施於人。己所欲，沒有他人的同意，也請勿施於人。

每次在公共空間，特別是機艙和車廂這樣的封閉公共空間，聽到大聲的電話聲或者音視頻播放，我總在心裏慨嘆：「消停會兒，行不？」

我想到一個無可奈何的解決辦法：我隨身帶個耳機，自己想享受音頻、視頻的時候戴上，自己不想聽周圍人的音頻、視頻的時候借給他們用。

任何瞬間都一定有一個最優答案

從來沒有完美解決方案，但是任何瞬間都一定有一個最優答案。

我 2020 年 7 月開始滯留倫敦。本來以為最多待一個月就回北京，內褲只帶了三條，因為疫情肆虐，一待就待了小兩年。

需要經常線下面對面的工作沒了，相關的收入也沒了，於是，我的焦慮症犯了。以後，在漫長的歲月裏，酒錢從哪裏來啊？我立刻想到，過去二十年，我業餘寫作，但是我寫得不業餘，在全職工作之餘，出版了二十本書，這些書都還活在市場上。只要書每月都在賣，我每月就都有版稅，我完全可以把倫敦當成我的元宇宙宅基地，大門不出，大街不逛，「閒坐小窗讀周易，不知春去幾多時」。我的焦慮症好了。

2 月底，大規模熱戰又在地球上重現，我的焦慮症又犯了：子彈不長眼，無常是常，資金流斷，信息流斷，如果我的版稅在倫敦用不了了，我錄的網課無法上傳國內，航班不開，我又走不了，我年過半百了，賣身也沒人要了。五音依舊缺三，賣唱也會被人哄走。在漫長的歲月裏，在倫敦，肉身還在，酒癮還在，酒錢何處有啊？我陷入了深深的思考。

我學過八年醫，做過十多年醫療管理。我在倫敦沒行醫執照，眼也花了，也二十五年沒做臨牀了，我就不考行醫執照了。但是，我可以做醫生助理、護士助理，打打下手，偶爾對於他們的診療意見和操作手法提出一些合理化建議。如果醫院管理層持續露怯，我也許還會給他們寫封電子郵件，講講精益管理的可能。

我做過十年戰略管理諮詢。我英文聽說讀寫能力還在，商業智慧比做管理諮詢顧問的時候還高了一個量級，早起晚睡的熬夜能力還在，我還可以重回管理諮詢公司。即使沒有領導崗位可做，我還可以做視覺助理，一邊幫項目小組做 PPT，一邊批評項目小組：「故事線不夠清晰，結構化不好，金字塔原則執行得一般，最後的結論也沒真知灼見。當然，用圖表說話也做得不好，縱軸和橫軸表述含糊。」

我唸過多年《易經》。我知道，管理是一生的日常，成事是一生的修行，很多人用不起麥肯錫，很多問題麥肯錫也解決不了。人類進化到人類之後，從來沒有完美解決方案，但是任何瞬間都一定有一個最優答案。道家五術：山，醫，命，相，卜。我買件長袍子，我留個長頭髮，我找個路邊，不用燒龜甲和獸骨，我還能用智能手機幫路人甲或路人乙卜一卦。

另外，孤峰頂上，再無上升之路。誰說世界一定要不停增長？人類個體也一樣。生不帶來，死不帶去，誰說一定要有新的收入源？誰說不能吃老本？世道輪迴，共渡時艱，花點積蓄，賣點資產，也算自然。

另外，衣、食、住、行，生活的花銷也有很大彈性，也可以削減很多。衣服：一輩子不買，也夠穿了吧？飲食：多數地球人有規律地進食三餐是近兩百年的事情，幕天席地，風餐露宿，每週輕斷食，回歸上古傳統。住房：一個人平均一張牀、十平米，夠了。出行：「雞犬相聞，老死不相往來」，元宇宙了，宅在家裏不出去的世界更大，即使出去，腳力和公共交通所不及之處，可以算了。

另外，愛酒之外，也有一些花錢更少的替代。比如，看書。辦個免費的公共圖書館讀書卡，往天昏地暗去讀，很快也是一輩子。比如，跑步。人體是個神奇的機器，跑起來，人體會產生很多激素，會讓人體會到很多酒色之外的快活。

最後，即使忍不住不喝酒，也有些技術手段可以少花酒錢。比如，喝得慢點，微醺後就回去睡覺。比如，戒酒三天之後再喝，再便宜的酒或許都覺得好喝。

如果說，酒債尋常行處有，那麼，酒錢也是尋常行處有。

穿透時間的十則信條

天生是第一生產力，香檳如此，寫作也如此。

我十一月初休假去了巴黎，剛出機場就被國內一些新媒體的文章嚇了個半死，他們說巴黎已經陷落，因為窮苦大眾不認同增加燃油稅，起來鬧事，巴黎只有紅火焰，只有黃馬甲，沒有吃喝，而且黃馬甲都是我朝江浙一帶做的，吃喝客都是我朝帝都和魔都的同胞。

我睡了一覺兒之後，發現住處附近是座小山，天下着小雨，還是那個從機場接我的司機拉我去吃喝。我讓他幫我繞了一下住的附近，我問問他附近的歷史。他和我講，您住的附近是蒙馬特，原來的居民都是妓女和爛仔，現在都是文藝青年，他們喜歡喝酒和抽煙，時不常有好的藝術創造在附近出現。他還特意強調，在我嗅覺所及之地，不足百米，還有個畢加索常去的酒吧，他畫過一幅著名的畫，「我和我的情人在狡兔酒吧」。雨下得愈來愈大，我就不去狡兔酒吧了。在雨中，我在路邊一個小酒館叫了一瓶酒，兩杯下肚，我似乎可以想像畢加索情人的臉，在酒杯裏從三維變到兩維，這個兩維的女生非常喜歡畢加索直男的一面。

第二天還是雨和黃馬甲，門口有出租車司機聽得懂我的英文、有勇氣拉我去市中心喝酒，我也就沒有理由拒絕。我用我在麥肯錫練就的聽懂一切的英文、大餅卷一切的英文和穿黑衣戴 LV 圍巾的法國出租司機交流，他說，抗爭和不滿是法國生活的有機成份，與空氣、紅酒和傻逼一樣常見，見怪不怪是應該有的態度。被別人懷疑怕事兒，對於土生土長的帝都南城混混兒是個奇恥大辱，我說好吧，那咱們就去巴黎市區吧。

到了市區，發現等着拍照的相機比黃馬甲多、比紅篝火多，交通比帝都還差。好餐館都開着，店主和侍者們坦陳他們都是農民，店面都是他們主導裝修的，牆上玫瑰花的色溫都是他們集體討論決定的。如果太亂，可以關門回家種田、種蔬菜，等天邊的戰火和野蠻人到來。儘管街面凌亂，食色和美感的基本面，還是讚的。在亂世，認真吃喝、寫字畫畫、救死扶傷都不容易。這種淡定是我們帝都和魔都的創業者沒有的，如果問這些餐廳店主，一個月要燒多少錢、淨現金流出多少，多數人答不出，似乎他們如佛祖，如同風口上的豬，理應被花香供養。

後來，巴黎愈來愈亂，作為一個外人，沒必要靜觀以及和市民討論功過成敗以及是非榮辱，我租了一輛車去香檳區。

在唐培里儂酒莊，唐培里儂修士的私家教堂，我看到了他的痕跡。唐培里儂修士躺在他的教堂裏，一塊平躺的黑色的石頭標明他就在下面，一位黑衣女士在黑色的石頭旁講起他的故事：你是個教士，屬一個非常勤勞的教派，一日不作、一日不食，類似禪宗的臨濟宗，他一直釀酒，在葡萄很早的時候就知道應該如何折騰它們，慢慢，他和它們成為了一體。

作為一個後人，我看不到唐培里儂修士的身體，我看到肉身成灰之後以他的名字命名的香檳。我對於香檳一直有崇高的尊敬：哪怕再心煩、再鬱悶，半瓶香檳下肚，人就會快活起來。

在以唐培里儂修士命名的酒莊，他或他的後人樹立了一組釀香檳的十個信條。我仔細閱讀，愈讀愈覺得釀酒和寫作有驚人而有趣的相似性：

1. Dom Perignon is always a vintage wine. 每一瓶唐培里儂都是年份葡萄酒。

每個年份都是獨一無二的。儘管我們無法判定某個力量具體如何造成影響，但是我們可以斷定，太多的力量會影響酒的質量。一個作家每年的心境也都不同，文字風格也會有自然的細微變化，寫出的每本書也應該有不同的味道。每一瓶酒和每一本書，都應該反應一個時間段眾多力 量的平衡。

2. Dom Perignon is always an assemblage. **每一瓶唐培里儂皆是經過獨特調配而成。**

一個作家的每一部作品也是一樣，恆河沙，風後花，源自內心，不同凡響。

3. We create the assemblage of Dom Perignon blanc and rose with a perfect balance of black and white grapes. **唐培里儂白香檳及粉紅香檳的調配帶出黑、白葡萄之間完美的平衡。**

從寫作看，作家寫甚麼也是天定，寫得好壞也是天定，作家的任何掙扎也都是天定。作家定的是：作為一個作家，當好天的媒介，聽從內心的召喚，確定最該寫甚麼，以及平衡在哪裏。

4. We require the best grapes of Champagne. **只選用法國香檳區最好的葡萄。**

從寫作看，作家每年或者每幾年，要選自己覺得最好的題材、以自己覺得最合適的寫法去寫。

5. We are fully committed to respecting the terrors and the seasons. **對土壤及氣候絕不妥協的尊重與承諾。**

作家不要把自己當成上帝，要把自己當成媒介，盡量敏感，傾聽風雨和時間，接受世間各種力量對於自身的影響。

6. Intensity must be based on precision. 張力來自精密度。

在寫作上，題材和技巧早已被前人窮盡，如今的寫作者要像礦工一樣深挖人性的黑暗與光明，神在細節間。如果寫作只能有一個追求，那就去追求盡量準確的細節吧。

7. The truth of Dom Perignon is revealed on the palate. 唐培里儂的真相要靠味覺感知。

一部小說、一部詩集、一部雜文也一樣。如果想知道真的好處，把嘴閉上，甚至把腦子閉上，把記憶和智識中的各種感官打開，開始閱讀。

8. Dom Perignon's complexity is based on a commitment to slow maturation. 唐培里儂的複雜感來自漫長的熟成。

寫作也一樣。如果一個寫作者都沒有足夠的智慧和見識，憑甚麼要讀他寫的文章？即使某個作者有無上的天生慧根，真正的智慧和見識也需要足夠的時間和經歷去打磨。

9. Dom Perignon's mineral character is a unique aromatic signature. **唐培里儂的礦物特性成就其獨特醇香。**

天生是第一生產力，香檳如此，寫作也如此。葡萄的風土和寫作者的肉身和見識和學養，差異巨大，絕對不公平。在類似領域，老天從來沒有公平過。

10. The Dom Perignon style is deeply distinctive. **唐培里儂的風格與眾不同。**

如果寫作者只能保護一樣東西，他應該去保護自己的風格。如果只讀一頁就知道是某個作者寫的，這個作者已經贏了。

以唐培里儂修士命名的酒莊從來不公佈以他命名的香檳年產量，我做過多年管理諮詢，估算市場大小是我的基本訓練，一時技癢，在黑衣姑娘介紹的時候，我估算，唐培里儂的 2018 年銷量是十三萬瓶。這個數字如果不對，一笑了之。如果對，請修士不要逼迫你的後人問我是如何估算的。

祝修士地下安睡，地上酒滿。

走，咱們一起去元宇宙

眼前的苟且變得輕如鴻毛，詩和遠方就在戴上 VR 頭盔的下一個瞬間。

2020 年是新冠元年，本來以為 2021 年只是新冠二年，結果元宇宙忽然火了起來，2021 年成了元宇宙元年。

新冠的來臨和元宇宙的興起有沒有聯繫？從常識看，我覺得有。

新冠之後，疫情起起伏伏，完全沒有耗盡力氣從地球消失的跡象。路上有獅子，屋外有病毒，沒事別出門，宅在家裏成為最安全的生存方式。旅行變得超級麻煩，各種門被人為關上，地球不再是平的。心煩了，也不能說走就走，從香港飛倫敦，在特拉法加廣場餵一小會兒鴿子，再坐下一班航班飛回香港，不耽誤第二天在陸羽茶室和朋友們吃個早茶，然後去 IFC 開會。只要思想不滑坡，辦法總比問題多。我們人類一直在探索未知，開疆拓土，怎麼能忍受已經習慣了的自由空間和生存方式被一個小小病毒徹底摧毀？病毒封門，我們人類就在門裏面全面探索元宇宙；病毒再猖獗幾年，我們人類進入元宇宙的方式可能就會形成突破。地域不再是致命限制，戴上 VR 頭盔，腳下就是特拉法加廣場，鴿子就在腳邊咕咕叫，掰碎早餐剩下的麪包，聞到麪包的香味兒，更多的鴿子飛過來，麪包屑消失在鴿子們的嘴裏，消失在元宇宙裏。

如果我來簡單定義，元宇宙就是尚未被人類輕易感知到的宇宙，元宇宙技術就是讓人類更方便感知元宇宙的手段。

從古至今，元宇宙其實一直存在，只是沒有被人類充份感知。不能因為飛機還沒被發明，在香港的人沒飛到過倫敦，就否認特拉法加廣場的存在，同樣，也不能因為元宇宙技術還非常初步，就否認有比現在已知宇宙大無數倍的元宇宙存在。

「春衫猶是，小蠻針線，曾濕西湖雨」

唐朝的小蠻不在宋朝的東坡身邊，西湖不在身邊，但是小蠻做的春衫，過去披在白居易身上，現在披在東坡身上。這件春衫就是古老的元宇宙技術，蘇東坡披上這件春衫，西湖的雨就開始下起來，山外山，樓外樓，一碗明月一壺酒，春衫內是東坡的肉身，春衫上是小蠻伸過來不停撫摸的手。蘇東坡這首《青玉案》也成了元宇宙技術，我讀這首詞，西湖的雨就在心裏下起來，小蠻的頭髮就在雨裏濕潤起來。

原始的元宇宙工具除了上述的信物和文字之外，還有酒精、煙草、音樂、跳舞、大麻、鴉片、針刺、做夢等等。誰說記憶不是真實的存在？記憶不僅存在，而且還像草木一樣有生命。每次想起高中操場邊上的白楊樹，小蠻和西湖，每次都不完全相同。

未來的元宇宙工具當然會比這些原始元宇宙工具先進得多，眼耳鼻舌身意，除了聲光電的模擬，觸覺、味覺、嗅覺的模擬也都有。地域限制被極大地消除，每個街角都可能是九又四分之三站台，戴上元宇宙頭盔和手套，就坐上了通往元宇宙的快車。時間限制也被極大地消除，關公當然可以戰秦瓊，左手是白居易的小蠻，右手是蘇東坡的朝雲。

元宇宙五十年，2071 年，街上任何一個行色匆匆的路人甲都可能是元宇宙裏某個空間的酋長。眼前的苟且變得輕如鴻毛，詩和遠方就在戴上頭盔的下一個瞬間。2071 年的世界和 2021 年的世界相比，就像 2021 年的手機和 1971 的電話相比，豐富程度相差千萬倍。2071 年不是沒有 2071 年的問題，可能的巨大問題包括：元宇宙和線下國家的關係，元宇宙的法律、法規以及秩序維護，元宇宙的貨幣和金融，元宇宙裏的道德律等等。

我戴上我戰略專家的帽子，暢想未來這元宇宙五十年的行業大勢：

利好：海量計算和傳輸相關的硬件和軟件（沒有計算就沒有虛擬），內容創意（沒有魔法就沒有魔法世界），仿生技術（小蠻和朝雲的手不能是塑料質感的吧），能源生產（計算等等要耗電啊），醫療健康（元宇宙那麼豐富，人類更不想死了吧），住宅類房地產（宅的時間愈來愈多了，對住宅的要求自然也高了）。

利空：非核心地段的商業地產（逛街的人以及他們花在逛街上的時間愈來愈少了，需要見面開會的時候也愈來愈少了），線下娛樂（線上的樂子愈來愈多了），航空（在宅子裏坐地飛行就挺美的了），服裝（坐地飛行不需要很多行頭）。

2014 年，那時候還不知道新冠和元宇宙，我寫了我第六部長篇小說《女神一號》（繁體字版叫《素女經》），男主人公田小明用深圳華強北採購的電腦硬件攢了一個情色機器人，代號女神一號，寫了個商業計劃《十億人的完美性愛》，最後自己在女神一號裏精盡而亡。現在想起來，這是一本預言元宇宙的科幻小說啊。2021 年 8 月和 10 月，Facebook 還沒更名為 Meta，我和百度希壤在北京三里屯和杭州西湖各做了一場色空展，書畫展不再是掛在牆上，而是戴上頭盔、揮舞手柄，色空就滿眼滿身。據不完全統計，色空展是元宇宙元年第一個藝術展。

這一切只是剛剛開始。

我寫詩的時候，總覺得有些句子就在我心湖的湖底，喝多了我就能沉入湖底，打撈詩句。我寫小說的時候，總覺得這個小說就在我腦海的岩洞，睡深了我就能潛入洞中，搬運篇章。不知道未來五十年的元宇宙技術進步，能給我甚麼比酒精和睡夢更好的創作工具。

非常期待。我想，總有一天，我們的靈魂會在元宇宙裏永生，肉身不過是浮塵，只是讓我們把靈魂泡入元宇宙的一袋茶包而已。

這次贏的可能還是人類

重新分配自己的能量，用餘生做點 AI 矽基智慧還做不了的事兒。

公元 2023 年春天的當下，人類和作為人類的我陷入了某種從未有過的焦慮，不是因為病毒，不是因為地緣政治，而是因為人工智能的全新突破。人工智能並不新鮮，但是以前呈現的人工智能似乎人工痕跡太重，智力水平在狗和猴子之間，有種呆萌之美。

這次似乎完全不一樣，以 ChatGPT 4.0 為代表的人工智能工具收集、總結、歸納信息又快又好，在不少方面甩出普通人好幾條街，在某些方面秒殺普通人。有史以來第一次，人工智能似乎真的有了高出普通人的智慧。

人們開始認真討論哪些人類工作將很快會被人工智能替代，律師、會計師、插畫師、放射學家等等白領比建築工人、餐廳領班、垃圾清掃、城管等等藍領更加瑟瑟發抖。有些公司先行一步，開始在實際工作中積極運用人工智能工具。有些人類，比如好萊塢編劇，已經上街抗議人工智能。

在麥肯錫工作時，一位年過八十還活躍在管理諮詢一線的資深合夥人告訴了我一個抗衰老的秘方，不是經常談戀愛，不是長期保持一個二十多歲的女朋友，甚至不是堅持鍛煉。他說：你要盡量使用最新、最流行的電子產品硬件和軟件。其實，在他告訴我這個秘密之前，我就是無意識地這麼做的，我第一篇正式公開發表的文章不是情色小說、不是婦科腫瘤論文，而是《構建個人遊戲網絡》，那年是公元 1997 年，那年我二十六歲。

保持着類似的好奇和習慣，我註冊申請了微軟的新必應（New Bing）和百度的文心一言，成了第一批新人工智能的用戶。

年過半百之後，幾個身份中，我最在乎的是詩人。我給人工智能提出的第一個任務就是寫一首類似「春水初生，春林初盛，春風十里不如你」的詩。我收到的結果如下：

春風十里不如你，花開滿園春意濃。

蝴蝶翩躚舞花間，蜜蜂嗡嗡採花蜜。

湖水碧綠清澈見底，鳥兒歡唱和諧動聽。

人間美景無處尋，唯有此地最宜人。

願與你共度此生，相伴相依到白頭。

我的一顆心放下了，至少暫時。不能完全說，人工智能提供的不是詩，更確切的說法或許是，人工智能提供的是差勁詩歌的典型：平庸、無趣、套話、乾隆趣味。

另外幾個身份中，管理諮詢是我吃飯的飯碗。我又很欠地讓人工智能回答一些關於戰略、組織架構和運營管理方面的問題。我收到答案之後認真看了，作為資深管理顧問，我不能說它們毫無用處，它們提供了在相關問題上最常見的思考框架。但是，深度也就止於此了，它還不能像訓練有素的人類大腦一樣，運用金線原理再打深一層、再打深一層。「你公司既面臨機遇，又面臨挑戰，大膽起用新人，同時依靠老人，探索新產品，同時守住老產品的市場份額」之類話，是在麥肯錫工作時上下一致要努力避免的。

「所有不可能錯的話都是廢話，盡全力不要說這類廢話。不要浪費自己的時間，也不要侮辱客戶的智商。」某個加班到凌晨的夜晚，月明星稀，某個麥肯錫合夥人臨走之前告誡我。「這類話可以出現在某些日報和某些晚報上，但是不能出現在我們的管理報告裏。」

在漫長的歷史上，人類似乎一直在追求技術上的突破，大踏步超越現存。每次重大技術突破之後，人類似乎都會恐慌。但是恐慌之後，人類似乎總能淡定下來，運用好新的技術突破，讓世界更美好一點。核能沒能摧毀人類，避孕套沒讓人類停止繁殖，東瀛成人愛情動作片沒消滅愛情，互聯網沒消滅文學，電子計算器沒消滅數學，方便麪和預製菜沒消滅米其林餐廳，這次也一樣，人工智能消滅不了人類智慧。

人體裏有獸性，有人性，有神性。如果人工機器因為重大技術突破在某些領域替代了人類，人類就重新定義自己活動的意義，就重新分配自己的能量。有了汽車和火車之後，跑馬拉松就從通信手段變成了抵抗中年危機的手段；有了印刷廠和打印機之後，手書就從溝通手段變成了泡妞或者舒緩心靈的手段。

這半年，應用少樣本學習（Few-shot Learning），結合自創的管理邏輯算法和我已經創造的小一千萬字中文文本，開發了首個管理諮詢小程序 ChatFT，用小模型來解決垂直領域問題。ChatGPT 或許知道一切，但是 ChatFT 更懂管理，更馮唐。

我試着用了幾次，嘿嘿，如果問題問得得當，幾分鐘生成的答案可以完勝絕大多數剛畢業的 MBA，達到麥肯錫初級管理顧問研究幾天的水平。如果明年忙得過來，我試試，拎一個公文包，一個腦子、一支筆、一個本子，一部手機和一個 ChatFT，我一個人花三天時間處理一個現實世界裏的複雜管理諮詢案子。我現在客觀的估計是，我能用麥肯錫百分之一的時間、十分之一的成本，實現類似的管理諮詢效果。

如果有一天，人工智能在沒有人腦干預下寫出公元 2100 年版本的商鞅變法，能不喝酒就寫出「你我相愛就是為民除害」水平的詩歌，我就承認 AI 矽基智慧完勝人類碳基智慧，我就用餘生做點 AI 矽基智慧還做不了的事兒：探索肉慾、耽迷酒肉、設計下一版人類中的神性，不知死之將至。

我覺得，我有生之年，這種可能性不大。

別活在自己的限制裏

每個人都活在各種限制裏，不自知。誰能打破「元」限制，就到了新的一層元宇宙。

在我寫這篇文章時候，「元立方」已經出生了，出生日期是 2021 年 12 月 27 日，出生地是百度開發者年會，版本是 0.1。它的名字叫元立方，它是我專為元宇宙創造的第一個藝術品，也可能是中國第一個元宇宙藝術品，它具有一些鮮明的元宇宙特點：可以迭代演進，我計劃花 2022 年一整年的時間把這個元立方養成到版本 1.0；有生命，可以和觀眾互動，遇見特別美麗的女生，元立方可能會在一瞬間腫脹起來；沒有地理限制，隨時隨地，都可以拿來把玩。

在腦子裏醞釀元立方的概念時，我回想過去幾年，腦子裏一直盤旋着兩個問題：我怎麼就藝術了？我怎麼就藝術地元宇宙了？

我對我的書道毫無信心。2017 年，一群文人朋友做個「夢筆生花」當代語境中的文人藝術群展，拉我湊數，我硬着頭皮寫了「觀花止」三個大字，竟然被人買了。2018 年，我和另外一個熱愛婦女的中老年人荒木經惟在北京故宮東北角的嵩祝寺和智珠寺辦了一個「書道不二」展，我用文字表達對於婦女的熱愛，荒木經惟用攝影表達對於婦女的熱愛，我們倆都用毛筆字表達對筆墨和生命的熱愛。在東京見到荒木經惟，他問我：「你長得這麼帥，為甚麼還要寫毛筆字啊？我要是你，我就天天去街上玩耍去啦。」我回答：「我還是覺得毛筆字更好玩一些啊。」我依舊對於我的藝術毫無信心，甚至不敢稱之為藝術，香港灣仔星街一家餐館的服務員救了我，給了我最需要的信心。我結賬簽信用卡賬單的時候，她站在我背後，不由自主地說：「好靚哦。」我還以為她和荒木經惟一樣喜歡我這種長相，抬頭看了她一眼，她補了一句：「簽名的字好靚哦。」在那一刻，我對自己有了信心，長生天給了我藝術這口飯吃，我要把它從我的肉身裏掏出來。我至今都很感激那個發自內心隨口誇我的服務員，儘管再也沒有見過她，她很可能也不知道我有多感激她。

在被餐館服務員誇獎之後，我開始每半年開一個展覽：「馮唐樂園」、「宅」……2020 年 3 月，萬寶龍把我的硬筆字體做成萬寶龍官方中文字體，簽了十年的獨家使用權。我甚至開始不局限於書道，我開始塗鴉，畫大大小小的畫，慢慢也攢夠了一筐。2021 年 8 月，我在北京三里屯開「色空」展，我想玩點不一樣的，我問百度希壤，要不要一起啊，百度希壤說，好！ VR/AR，創造看展新體驗。八月北京展完，十月杭州西湖邊又做了一場。

做「色空」展的時候，元宇宙還沒開始在宇宙上空遊蕩，「色空」展結束後，Facebook 改名為 Meta，元宇宙開始到處可見。從某種意義上講，「色空」展或許是中國第一個元宇宙藝術展。

十月底，百度希壤的馬傑找到我：「馮老師，12 月 27 日百度開發者年會，您講講您如何藝術地元宇宙了，好不好？」

「好。我講，對此事，我有表達慾。」

「您能不能專門為元宇宙創作一個作品？」

「這個我不敢答應，但是我盡力，如果在規定時間之前，我腦洞開了，就弄。如果腦洞開不了，我也沒辦法。」

從那天以後，我暗示我的腦子，「芝麻，芝麻，開門吧」，我從來非常強悍的睡眠受到了嚴重破壞。我帶着我有些混沌的腦子走在倫敦 Sloane 大街上，忽然一陣冷風吹來，我側臉避風，看到右手古董店的櫥窗，櫥窗裏一個一寸見方的骰子。

「我知道了，有了，太好了！」我看到了我腦子裏蹦出的那個東西。

那是一個極簡的立方體。

我寫六個簡單的毛筆字：〇、一、無、元、宇、宙，三維六面立方體的每一面一個字。

那是一個極具擴展性的立方體。

可極小，小如骰子，可極大，容納一個人、一間茶室、一座廟、一個城市、一個宇宙。在元立方裏，眼耳鼻舌身意，都可能失去或者被加強。元立方的三維可以拓展到四維甚至十四維。可以冥想、喝茶、打卦，睜開眼睛，元立方的六面上可能呈現不同的墨跡、顏色、雲彩、詩歌。

我們地球人誰不是活在一個立方體裏？每個人都是「井底之蛙」，活在各種限制裏，不自知。誰能打破「元」限制，就到了新的一層元宇宙。

都是命。

上述創意還解決了困擾我多年的毛筆字立體化問題：解決的方式就是不做立體化，做元立方。

以上就是元立方的出生故事。

設好你的朋友圈，想變壞都難！

有這樣的師友夾持，雖懦夫亦有立志。

在我漫長的前半生，我做過多次當眾講話：朗讀作文、方案介紹、主題演講等等。我清楚記得我第一次當眾講話是小學四年級，我的一篇作文被學校選成範文。作為獎勵，我被要求站在操場前方正中間的主席台上，當着全校、以及周圍居民樓群的父老鄉親，從頭到尾朗讀一遍。我被嚇尿了，我記不得是否真的有尿水流到大腿內側，但是我記得在春寒料峭的北京室外，我後脖梗子汗出如漿；我記得我的小腿肚子顫抖地轉到了前面，雙側腓腸肌和十個腳趾頭一起面對聽眾。

神奇地是，第一次當眾講話出現嚴重心理障礙後，我變得對當眾講話毫不畏懼了，沒被嚇死的，最後都成了悍匪。無論面對兩個人還是兩千人，無論是講三分鐘還是三小時，無論有 PPT 還是完全腹稿，從十歲到四十八歲，只要讓我站到台上，我的內向和口吃就在瞬間消失。我口沫橫飛，天花亂墜，氣壓全場，全身下台。

在我年近半百的時候，我接到一個邀請，我當眾講話的焦慮症又犯了：林進醫生請我在 2019 年 9 月 10 日中午十二點十五分在協和醫院，為協和書畫協會講壇做開壇第一次演講。

林進大夫是協和書畫協會的會長，骨科大專家，二十多年前帶我上了我人生第一台手術，他主刀，我做手術助理。去年，他給我老媽做了右側膝關節置換術。郎景和大夫是協和書畫協會的名譽會長，婦產科大專家，曾經在很長一段時間是為中國六、七億婦女服務的唯一一個婦產科院士，二十多年前是我博士論文導師。

我對於我的毛筆字超級沒信心，不是書法家協會體系。我和林大夫說:「林老師啊，我書法完全是野路子，非科班，非二王體系。您讓我講書法，很有可能被人笑話啊，還有可能帶偏喜歡書畫的協和小朋友們啊。黑我的人總愛說我自戀，我只是實事求是而已。您讓我講文學和管理，我會底氣十足地講。講書法，我超級沒信心啊。」

林大夫說：「你寫的書法非常有特點，我看了有感動，這就夠了。此事不再商議，就這麼定了。」

之後，就是平時半年不給我發一次微信的林大夫，一天多次地催問和確認細節。

「主旨演講題目？」

「《書法是千萬人的美人》，行嗎？」

「太行啦。我問了郎大夫，他也覺得不錯。就是它。我做你主持，你講一個小時。不來一點關鍵的 PPT 提示或圖片？」

「我回歸三十年前沒有電腦時的傳統，沒 PPT，一個小時沒問題，您放心。現場如果給我一個白板更好，沒有也行。」

「好。那天我上午我出門診，四十個患者，我早點去，早點開始，全力爭取在開場前趕到。你那天中飯怎麼吃？我讓他們給你打個盒飯還是讓他們陪你在醫院附近吃點？車比較難進，我讓人在西門接你？不是老西門，是老西門往北一點的新西門。」

「您完全不用操心。中飯我自己解決。協和我熟悉，十二點十五開場，我十二點前一定到會場。」

演講前一天，平時一年不給我發一次微信的郎大夫，一天多次發來鼓勵。

「得知你明天中午來演講，很高興！明天有手術，希望能趕上。怕遲到，剛剛擬了兩張條幅，權作預支的話。祝好！郎。」

第一張條幅的內容是：「作家是把感動和崇拜積累，是上天或外星派來專門收穫人們眼淚和鼓動共鳴的智者。醫生把仁愛和慈悲奉獻，是佛與神派來專門慰藉人們心靈和擦拭眼淚的善人。如若既是作家，又是醫生，該如何？」

第二張條幅的內容是：「馮唐寫作和講演隨性隨情，更少功利與警覺，更多坦蕩與執着。難能可貴！著名外交家資中筠說：『中國人中文底子薄弱，不會產生深刻的思想。』馮唐是深刻的。」

我到會場的時候，郎大夫和林大夫也到了，一個裏面穿紫色的手術服、外面套了白大衣，一個穿了出門診的白大衣。第一次當眾講話的巨大恐懼感驀然再次降臨，嚇死我了，我從小的確是被嚇大的，我未來很可能是被嚇死的。在我開口講的一瞬間，多年來的嚴格訓練開始顯現，我很快開始口沫橫飛，天花亂墜。

我一邊講，一邊望着在台下的林大夫和郎大夫，他們全程不看手機，認真聽講。我想，好的老師就是夾持你的人。「師」字，「帥」字上面一橫。自己能帶領，能統帥，但是自己忍住不幹，讓學生幹。有這樣的師友夾持，雖懦夫亦有立志。通過求學和工作機緣，一個人的朋友圈慢慢設好了，一個人想變成壞人、想作惡，都難。

一聲嘆息，求真務實之難

中國自古以來講究不撕破臉，心照不宣，能油膩過去就油膩過去。

二零零三年，臨時着急需要買個生日禮物送人，機緣巧合從一位大行家手裏買了一對清中期的雙龍戲珠青玉鐲子，從此開始收藏古玉。後來因為愛茶，開始買些宋、金、元茶盞用來喝茶，順帶買了一點點花器和香爐，如此開始領略古瓷器。再後來，重新拿起小學三年級就放下了的毛筆，開始買些唐、宋硯台、筆洗、筆架山、筆筒，如此開始領略古文房。不知不覺，到如今，學習古美術、收集古美術、使用古美術的時間已經超過十五年了。

在中國古美術領域，我一直有個疑問：為甚麼國外總能偶爾出現了不起的大收藏家而國內（特別是大陸）在一九四九年之後就幾乎沒有一個？國外甚至還能出現個別大收藏家，知識結構上毫無基礎，在古美術上花的時間也很少，但是一出手就品味超群，像模像樣，比如小洛克菲勒，比如賽克勒。

細細想來，如果不考慮物權模糊等體制機制的因素，最主要的原因還是國外有幾個像阪本五郎這樣的大古董商：盧芹齋、山中商會、朱塞佩·埃斯肯納齊（Giuseppe Eskenazi）、藍理捷（J.J.Lally）、安思遠。另一個重要原因是信任：國外的大收藏家信任像阪本五郎這樣的大古董商，信任他的美學高度，信任他的人品為人，給他足夠的生意和利潤維持他體面的生活和找頂級古美術的動力。在很多時候，這些收藏家以阪本五郎的眼為他們的眼，以他的見識為他們的見識，以他的判斷為他們的判斷。這些收藏家在這條捷徑上堅持幾年、十幾年，想不成就都難。

反觀我們國內，這條符合簡單常識的捷徑似乎很少人走，更少人走通。玩家、藏家、專家、古董販子、拍賣行、出版社等各有各自的奇葩之處，牛鬼蛇神，山妖水怪，魑魅魍魎，名來利往。我過去十五年一直忙忙碌碌，極少在這個圈子裏混，極其偶爾參加過一個良渚玉器的討論會，因為只是一個打醬油的，所以左顧右盼，充滿好奇。帶我去的朋友問我觀感，我說最大的印象是，會場裏一邊坐着文博系統的專家，一邊坐着古董販子，涇渭分明，絕不混坐。

古董販子心裏是看不起文博專家的，主要的吐槽點包括：腦子普遍不好使，早年進了考古或者文博專業的主要原因是高考成績太差，學文進不了國際金融或者國際貿易，學理進不了生物化學或者天體物理；號稱甚麼品類都懂其實只是熟悉一個品類而已，就算這個品類，也就知道自己的館藏，沒仔細看過國內同品類的館藏，國外的就更沒機會深度接觸，也好久沒仔細學習了，新出版的專著都沒看過；沒有實戰經驗，儘管號稱專業，在古美術上沒花過甚麼大錢，至少沒花過自己的大錢、沒搏上身家性命，就算對於自己天天能見到的館藏，也沒有動力往死裏仔細看、仔細研究；沒見過多少仿品和假貨，一看到似是而非的東西就懵，總體眼力一般般。

文博專家心裏也是看不起古董販子的，主要的吐槽點包括：原來的出身以中國文物大省的農民為主（陝西、山西、山東、河北、浙江、福建等），基本小學沒畢業就開始走街串巷；混出來的以騙子為主，不騙，哪有那麼多的東西可以買賣？北京華威橋附近大型古玩城近十個，每個省會城市都有至少一個大型古玩城，哪有那麼多真貨？最著名的古董販子和一線盜墓賊一定有千絲萬縷的聯繫，只是暫時沒被抓起來而已，否則為甚麼只有他們有那麼多接近國寶的東西。

古美術收藏領域一直不禁騙，名聲最盛的大拍賣行也不保真。中國自古以來講究不撕破臉，心照不宣，能油膩過去就油膩過去。中國古美術收藏領域是騙子橫行的重災區，互相看不起的文博專家和古董販子一起催熟了一屆又一屆的國寶幫。國寶幫共同的特點是：手上的東西特別多，少則滿滿一個保險櫃，多則滿滿一棟樓；每件東西都透着牛逼，要麼是類似某著名館藏或者某著名圖錄的封面，要麼是從來沒見過的造型或雕工，如果你問，他們會講出一個又一個神奇的故事，比如告訴你這件罕見的古玉來自於傳說中的王莽墓，王莽萬事求新，他的玉也卓爾不群；即使式樣普通，東西的個頭一定超級大，比如直徑一米以上的紅山 C 龍或者直徑半米以上的西周玉璧；購買的價格都相當便宜，背後的故事是某著名文博專家來自某著名遺址挖掘現場的私藏、某著名古董販子資金鏈斷裂之後割肉而出的鎮宅之寶，「這麼大，就算買個新仿的玉器，原料錢都不止這些。」

「這一屋子的東西，其中任何一件，如果是真的，一定是國寶。問題是，很可能沒一件是。」

過去一個月，斷斷續續讀了阪本五郎先生的古美術生涯回憶錄《一聲千両》，讓我不斷想起我見到的國內古美術亂象，想到求真務實之難，一聲嘆息。無緣和先生面見，只能神交神往了。

馮唐錦囊 1

打敗內耗的九字真言：不自責，不自戀，不自卑

第一，不自責，不要責備自己這個事沒幹好，那個團隊沒培養好，事敗了都是我的錯。你不要把自己放在太重要的地位，一個事情的結果有諸多的影響，你只要做到盡心盡力，盡職盡責。自責是一種負能量超高的東西。老媽從來不自責，「我錯，我怎麼可能錯呢？那只有一種可能就是你錯！你說我變主意了，古今中外甚麼政策不變呢？除了我對你爸從一而終，甚麼東西能從一而終？」老媽永遠「我全對」、「我全好」，這點我非常佩服。

第二，不自戀，老有人說我自戀，嘲笑我，說我每天早上都被自己帥醒，我這輩子最大的遺憾就是不能自己親自己，只能親鏡子……我可以負責地說，這都不是真的。我所謂的不自戀，意思是事在臉前，做事兒的時候不要老想自己那張臉。事沒了，想要臉也要不到。太自戀的人走不遠。太顧忌自己的感觸、心情，自己會不會被別人高看一眼，會不會被別人誇獎，到最後很有可能做不成。所謂戲大於天，文章大於作者，道理是相通的。

最後一個，不自卑，在工作和生活中，你要跟比自己強的人、你心裏會暗暗有些妒忌的人，多花時間。交一些比你強的朋友，跟比你強的人多在一起。如果你觀察一個人身邊的人都是比他差的，這個人也不行的。當然，跟比自己差的人在一塊兒最舒服了，在自己的小世界裏，大家都覺得我棒。很多人都是習慣性地順着人性往下選。我不鼓勵大家一定要向上社交，一定要找大佬，而是說人有選擇的時候，別總往下走。

（根據直播整理）

馮唐錦囊 2

普通人在局中只需要跟對人，然後順勢而為

很多事情，並不是做不到，而是很多人一是怕，二是不努力去想怎麼去做，三總是在想自己沒有想別人。如果你總是想，我是個美女，我是個帥哥，別人都要跟着我，我就是不一樣的煙火。那很有可能你這輩子就自己獨美了，沒法跟你最需要的人產生鏈接。

古人有個很好的總結，「一命二運三風水，四積陰德五讀書，六名七相八敬神，九交貴人十養生」。人憑努力做到的「交貴人」，是一個被古人嚴重低估的成功要素，應該將其挪到前三，甚至可以排在「運氣」之前。

要結交和維護那些比自己更優秀的人，核心是「價值互換」，單方向的瞻仰、崇拜、拍馬屁、送禮物都不行。正視利益交換，利益不交換就是對的嗎？不交換利益的話，那交換甚麼呢？交換愛情嗎？就好比經常有人問我，馮老師你都這樣了還賣書？我說我辛辛苦苦寫一本書我不想賣，我這不神經病嗎。有人瞧不上別人成功是因為跟了大哥，不跟大哥跟小弟嗎？很多人創業的第一桶金都是跟着大哥賺來的。跟對人、羽翼未豐的時候合理 follow 也很重要。

（根據直播整理）

馮唐錦囊 3

「用力過猛」是慾望不對

在做管理之前，我就天生篤信「成事」學第一公理，就是我要把我這塊兒料用到極致。哪怕我們不是管理者，我們也有這種天然的慾望，就是我要把資源利用最大化，把效率最大化。

第一，不見得每個人的能量都是一樣的，每個人都有天賦的不同，很多時候人沒有獲得成功，是他沒有把自己最大的能量發揮出來，而是浪費在了一些莫名其妙的地方。我的確是太追求效率最大化，比如說我會蹲在衛生間給自己剃頭，二十分鐘就能搞定，從另外一個角度來說，我還不在乎我長得如何，不在乎我的髮型好不好看。這是我想說的第一點：人類有一種天然的趨勢，就是想把效率最大化，我把效率最大化用在自己身上，爭取活得更豐盛。

第二，我倒是覺得「用力過猛」並不是針對把自己這塊兒料用盡。我覺得把自己這塊兒料用盡是件大好事，也是每個人應該追求的事情。哪怕你說我就喜歡發呆，我就把享受發呆這件事做到最大化，我哥四十一歲就退休了，他到威海找了個地兒，面朝大海，天天發呆。你不要小看他，這不是特別容易的事，他雖然掙得不多，但是也盡量少花，他想發呆，就把發呆做到極致，我覺得這都談不上「用力過猛」，這是應該有的追求。

反過來說，如果一件事本不該你做，而你非要去做，非用很大的力氣做，我覺得這就是「用力過猛」。第一是盡人力，第二是知天命，就是你老天沒給你那碗飯，那個東西你不該追求，你不該有這個位置，你不該有這個奢望，就把這個砍掉。我理解的「用力過猛」是慾望不對，產生了妄念，也就是用力過當。

第三，我想說的是：事大於人。好多人出現「用力過猛」的原因是，他太考慮自己了，結果就導致動作變形了。後來我老勸他們說，別管別人怎麼看，你就關注你的作品，把自己忘掉，別老想着自己。其實有時候我們看人「用力過猛」，一個是他在追求他不該追求的東西，還有一個就是，哪怕這個東西是他該追求的，但是他在追求的過程中太在意自己了，沒有享受追求的過程。

（答《男人風尚 LEON》採訪）

攝影：Kuba Ryniewicz ，《Tatler 尚流》

第二章

肉身不壞，抵禦一切妖風邪氣

體力就是肉身。

肉身需要管理。

肉身很賤。不做引體向上，就往下出溜；不上強度，就發虛，變胖，軟綿綿；不設限，就要偷奸耍滑，出軌，犯錯誤。

成事是一生的修行。肉身不敗，成事不殆。人間美好。

我的第一次瀕死體驗

要及時行樂，要儘快去做自己想做的事。

「開門，開門！」我依稀聽見連續的敲門聲，睜眼一看，一個建築工人正在抱着三塊木板從我面前走進一扇門，我正在側躺在一張簡易牀上，簡易牀正在急診觀察室的某個門邊，這扇門打開後，是一個正在施工的房間。

我看到急診觀察室各種姿勢躺着的病人和各種姿勢陪着他們的親友，我看見我的幾個小夥伴兒們，我看到我躺着的胴體，我看到胴體上插着的吊瓶，吊瓶裏有液體在一滴一滴落下來。不用問，我知道我是在醫院，看急診觀察室的規模，應該是個三甲醫院，看周圍保安的數目和眼神淩厲程度，應該是個著名三甲醫院。我問一個小夥伴兒：幾點了？他說：下午一點了，您從樓梯摔下去了。我想了想我有意識的上一個時間點，那是昨天十點左右了，其間，我失去了意識十多個小時。我忽然意識到，這次是我距離死亡最近的一次，我的第一次瀕死經驗。

我最近的確見人開會太多，見人應酬太多，更加沒有週末，一直覺得累，連續兩天各跑了一個十公里跑還是覺得累，連續睡了十個小時還是覺得累。過去三十年，我緩解這種累主要靠得一次感冒。通常是在飛機上，起飛前還沒蓋好毯子，太累，人就已經睡着了。飛機落地，噴嚏不止，人已經妥妥地感冒，人已經鬆軟成一攤泥，鬆軟幾天，感冒好了，人也就沒那麼累了。最近幾年注意了和感冒的搏鬥，比如坐飛機一定穿帽衫，冬天還加件兒坎肩兒，稍有感冒症狀就吃預防感冒神藥，很少得感冒了。我隱約覺得劈我的雷應該已經在路上，但是沒想到是這種方式。

前天是個週六，十五年後，我又一次在上海辦簽售會，很真誠地回答了小十個主持人和現場讀者的問題，很認真地照了集體照，很仔細地簽名，簽了一千來本書。之後又聊了一場醫療相關的生意，晚飯時間到了，找過去熟悉的小夥伴兒們喝酒。

估計有長期疲憊不能準確判斷酒精承受力的原因，估計有年紀大了的原因，估計還有可能喝了假酒，我忽然完全斷片。我記憶裏上一個瞬間還是覺得自己狀態不錯地又乾了一杯，再一個瞬間就看到醫院急診觀察室了。很像我第一次在全麻狀態下做無痛腸鏡，我一直想，我的意志力號稱強大，我來抵抗一下麻藥，結果麻藥下去之後，麻醉師問：怎麼樣？我說：還好。然後就人事不知，再清醒，腸鏡已經不在身體裏了，一切結束。

後來聽說，我從樓梯上摔下，反覆幾摔，持續昏迷，醫院 CT 檢查，蛛網膜下腔出血，如果出血不止，我有可能一直昏迷到死。

後來老天不要我，酒醒了，我也醒了一半，再查 CT，顱內血消失，上海醫生說恢復能力驚人，可以坐長途火車回京再看醫生，但是最好不要坐飛機。

我坐火車回京讓天壇醫院趙元立師兄再看一眼。顱內血沒了，但是腦震盪綜合症明顯，暈、說話不清、肌肉協調性差、視野微受損、全身痛，好像是被人莫名其妙地打了一頓，眼眶、下頜、肘都痛，最痛的地方是在左腰眼，「誰打了我一頓啊？尤其是左後腰那一腳太狠啦。」

趙師兄確定我沒大事，要求我絕對靜養一週，不能出門，說，好處是或許又換了一個腦子，能成為另一個不一樣的天才，也可能就此成為傻屌。我焦急地問：其實我身體底子不錯，血管和血凝也沒甚麼問題，血壓控制也挺好，一週之後我就能出差了吧？一週坐三、四次飛機不算多吧？喝酒呢？幾週之後可以再喝酒（如果保證是真酒）？幾週之後可以跑步（如果保證不追求給人最好成績）？趙師兄溫和地看了我一眼，彷彿我已經是個傻屌了。

二十四個小時沒碰手機，腦子稍稍清醒，視野逐漸重合，打開手機，手機裏兩千三百七十六條新微信。手機已經是人類一個巨大的 AI，有不少人已經在問我怎麼了、發生了甚麼情況，要求回覆、要求報平安。我試了試我的手機，臉部識別通過，「嗯，我的盛世美顏還在」；試了試微信打字，有點慢，但是基本在可以忍受的範圍；試了試語音轉文字，準確度沒下降；試了試手機銀行，密碼都記得；喝了碗粥，肉和菜的味道還是不同了；拿筆劃拉了兩個毛筆字，還看得出是我右手寫的，嗯，我神經中樞的基本功能還在。

我編了一個微信通稿：近四十八小時聯繫少，彙報一下近兩天我身體狀況。實在抱歉，我悲劇了，在樓梯上跌倒，摔出顱內蛛網膜下腔出血，病情已經控制，勿念，但是一週內需要絕對靜養，不能出門，不能跑步，不能性交，不能飲酒。我們這週約的見面只好取消。實在抱歉，給您添麻煩了。我還能回微信和電郵，就是會稍慢，請您見諒。

昏睡和喝粥結合，用我暗黑的方式康復了兩天，我偶爾思考，其間值得記錄的事情包括：

第一：感謝陪着我以及第一時間趕來幫忙的小夥伴兒們，感謝那些為我提供各種診療方案的醫療專家，沒你們，我或者就掛了，或者比現在悽慘百倍。

第二，我回家靜養之後，我哥在沒經過我許可的前提下帶我老媽來。我老媽號稱她掌握的蒙醫絕學中不只有招魂的薩滿，還有樸實剛健的錘擊、踹足，對於腦震盪後遺症等外傷頗具療效，如果我視野中出現大片紅色，她就一定能治好。我沒見她，我要絕對靜養，我吼了我哥一句，「我不病的時候有精神陪你倆玩兒，我現在病了，只能自己先照顧自己了。醫生說了，最擔心我二次顱內出血，再出血，我可能連媽都不會叫了。」

第三：在任何地方出現急症，特別是腦部急症（意識喪失、噴射性嘔吐、嘴歪眼斜，或者四肢無力等等），一定要儘快去當地急救中心或者排名靠前的腦科醫院，這類急症因為等待而付出的代價可能過高。

第四：四十歲之後，要多和一些醫生交交朋友，他們或者是某些醫療領域的專家或者具備完備的常識。多數地方的急診室往往不是非常靠譜，設備和人員在緊急情況下動作偶爾會變形，急症緊急處理後，這些專家能幫你完善下一步診治。

第五：我真是一個貪財的金牛座啊。人從樓梯跌倒，腦子完全斷片兒，第一次瀕死之後，發現身上甚麼都沒丟、甚麼都沒壞：手機完好，良渚玉鐲完好，卡包健全，身份證件、信用卡、酒店房間卡都在呢。當時肉身是用怎樣的姿勢在無意識中滾下樓梯、苦了筋骨保全了諸多身外之物？

第六：工作其實可以是種無上快樂。我二十多年來多線程瘋狂工作，忽然不能工作了，必須絕對靜養，實在太難受了。慢下來，是種修行，我不知道我能不能修煉出來。日本合作方的大西先生知道了我不能如約開會的原因，讓同事傳話：「健康第一，工作第五」，好好靜養，趁機休息一下。工作了這麼多年，要開始學學休息了，這幾天下來，感覺沒想像中那麼容易。

第七：全面減少應酬。林進老師非常嚴肅地告誡我：讓你戒酒太殘忍（歲月和知名度已經讓你很大程度上戒色了），但是有樓梯沒電梯的喝酒地兒不要去了，摔到頭部是非常危險的。而且，可去可不去的應酬不要去了，讓他們看你的書、去你推薦的醫院好了，應酬太耗神，你是該得社交恐懼症的時候啦。你放不下醫療投資，那就勢利一點，只見能給你錢、給你項目的人。

第八：以我的夢境觀照，我顱內出血後，毛筆字和詩藝都會有精進，敬請期待。

第九：我夢見在摔暈後到過一個陌生世界的門口，基本設置和人間沒有本質差別（至少是這個門口），把守的官員給了我三個選項，因為頭暈，我猶豫了很久，無法抉擇，官員煩了，又把我推回了人間。

這幾天，彷彿在出生之後，「我」做為一個智能系統第一次重啟，連續昏睡，連續醒來。醒來時候，偶爾後怕，比如，如果真的半身不遂了怎麼辦？我要去寫《我與天壇》了嗎？比如，這次意外之後，三觀裏，哪些更確定了？哪些有了改變？比如，我這次如果真掛了，誰會得利、會開心？誰會倒霉、會難過？越發篤定的是：要及時行樂，要儘快去做自己想做的事，無常是常，就在門外，就在路邊。那些恨我的人，請繼續，甚至請更加兇狠。那些愛我的人，請不要悲傷，儘快快樂起來，生命中充滿無常，沒有甚麼是絕對不可失去的，沒有甚麼是不可替代的。如果我真掛了，請儘快快樂起來。這才是生命的本質和我最真誠的願望。

真的活着活着就老了

從明天起，面朝大海，學學盲文，摩挲過餘生。

我以前，寫過兩次「活着活着就老了」，那兩次都是暢想少壯努力、老大享福，在暮色蒼茫的北京街頭，無所事事地毫無目的地充滿安全感地得瑟。其實，寫的時候，為賦新詞強說愁，國家還有開發不完的潛力，我還有使不完的力氣，身邊的人還沒一個生老病死，「老」和我有甚麼關係？

上個月赴酒局，和我三個認識近二十年的老哥，在帝都吃港式火鍋。我有一個親哥和一個親姐，一個大我九歲，一個大我六歲。所以在我自己長大的過程裏，我習慣性地和大我近十歲的人走得近。我想看到我十年後的樣子，提前做些生理和心理的準備。這些老哥通常和我沒有任何正經事，我們在一起沒甚麼心理負擔，以吐槽天地、說怪話為主要活動，吐說多了，有益身心。

這次酒局震撼了我，讓我覺得，人有生，必有死，人有年輕時，必有老去日，真的活着活着就老了。

第一個老哥是改革開放後最初幾個去美國唸 MBA 的中國人，第一批從斯坦福畢業，第一批回國，第一批去了一個廣東的私企，做了某個私企大老闆的二把手，曾經在法國幫這個大老闆買了一個巨大的公司。他在我事業的上升期偶爾找我喝酒，有一次明確和我講，他要退休，要退回自然和人文環境都非常惡劣的北京了卻殘生，他那時還不到五十歲。這次酒局，他帶很好喝的威士忌和紅酒，一邊倒酒一邊和我說：幾個月前，某個獵頭打來電話，說，您歇了五年了，如今有個機會，如果您再不重新工作，工作這件事兒就徹底和您無關了。我問他，後來呢？他說：無關就無關吧，本來就沒期望留下甚麼痕跡，一花一時香，常年貼在牆上不掉下來的是標語。他倒酒的手一直在抖，我問他怎麼回事兒。他說：不是帕金森症，是某種無名顫抖，有治標的藥，吃了之後四個小時不抖，四個小時之後又開始抖，老婆勸戒酒，但是，吃喝嫖賭抽，不吃不嫖不賭不抽，如果喝都戒了，那和八戒就太接近了，不要啊。

第二個老哥是啤酒仙人，還寫過一本關於他和啤酒生死之戀的書。過去二十年，幾十個酒局，我沒見過他喝啤酒醉過，他自己喝完的二十幾個空啤酒瓶子擺在他面前，他臊眉搭眼地內心驕傲着。他喝開心了，最多飛騰上酒桌桌面，高聲吟誦先賢的詩句或者高聲唱國際歌。這次，他來晚了，進來之後，大喊：服務員，給我來一盆熱水，熱四瓶啤酒。然後和我們解釋原因：胃不行了，胃不行了，胃不行了。

第三個老哥是他著名爸的兒子兼秘書，是他著名哥的弟弟，是我見過的酒量最大的人。我一直告訴他，五百年後讀他關於古玉和古瓷的文字的人很可能多過讀他著名爸爸和哥哥文字的人，他一直拒絕相信。在我認識他的二十年裏，他一直非常用功地吃飯和喝酒，每次約晚飯，他都提前半小時到，然後熱情地招呼每一個後來的人，然後喝光桌子上每一瓶酒中的最後一滴酒。我和他吃飯，從來比他晚到，比他早走。每次不到八點，他就轟我走，一邊轟我，一邊和旁邊的人解釋，「他還要打電話會，和美國有時差，於國於民，非常重要」，轟走我之後，自己喝到至少十一點。這次，他也來晚了，來得比我晚，席間還像一個國企幹部一樣串場，在火鍋店裏頻頻敬酒，剛剛過了八點，就和我說：「天色已晚，我們散了吧。」

酒局散了之後，我坐在車上，先用一隻左眼、再用一隻右眼，看街燈、街上殘存的招牌，發現眼睛真花了，對焦困難，回到住處，看了幾眼紙書，眼睛累得很。我對於不能閱讀的恐懼遠遠超過對陽痿的恐懼，陽痿消事兒，眼花誤事兒，還有那麼多書還沒讀，還有那麼多智慧還沒親近，就失去了獲取信息的視力。

但是，怕有甚麼用，歲月又饒過誰？這次，似乎真的，真的活着活着就老了。從明天起，面朝大海，學學盲文，摩挲過餘生。

（本文為《春風十里不如你》序言）

肉身不壞，
抵禦一切妖風邪氣

無論人渣還是人傑，任何地球人一輩子花時間最多的事是睡眠。失身事小，失眠事大。

我用了肉身那麼多年，很少和肉身說話。

雖然我和肉身生下來第一天就在一起，但是我很少意識到肉身的存在，也很少思考應該如何使用肉身。雖然我自幼體弱枯瘦，但是我很少生大病。我又怕麻煩，關於肉身的小麻煩，我忍忍就過去了，五十歲前除了兩次喝酒洗胃和一次喝酒墜樓，沒去過醫院照顧過肉身。青春期的時候，我開始感受到我和肉身的分裂，肉身嗞嗞作響，我和肉身還是天天在一起，我像是騎着一頭大毛怪。肉身帶我去過一些地方，見過一些人，喝過一些酒，有過一些狂喜和傷心，做過一些傻事和蠢事。現在想起來，我毫不後悔。關於我和肉身青春期和早中年的共同遊歷，我之後寫在了一些小說和一些詩歌裏。

現在細細想來，我一直對肉身不太好，唸書的時候瘋狂唸書，幹活的時候瘋狂幹活，休年假的時候瘋狂寫作，吃簡單的食物，喝很多的水，喝很多的酒，幾乎從不鍛煉，經常犧牲睡眠。肉身沒離我而去，也是肉身有情有義。

雖然我初中課程裏有《生理衛生》，講了男女有別，可是沒有講如何使用肉身。雖然我唸了八年醫學，學了各種疾病的生理基礎和病理表現，可是也沒有學到如何使用一個健康的肉身，包括我的肉身。

四十五歲後，肉身給了我兩個警示：

第一，肉身基本指標出了問題。血脂高。這個我還能歸因於基因和原生家庭。我爸一直血脂高，他出生在印度尼西亞，住到十八歲之後才回國，他酷愛動手油炸食物和吃油炸食物。血壓高。這個我怪不了我爸和我媽，他們一直血壓低。我只能說，半生爭強好勝，半生吃苦耐勞，還是對肉身造成了損害。

第二，肉身愈來愈經常產生厭倦。原來喝瓶劣酒就開心，看個女生就腫脹，聽個夢想就飛翔，出本小說就興奮不已。現在，這一切都似乎司空見慣或者見怪不怪，但是，我還是我啊，我離開地球之前，還是想開心、腫脹和飛翔啊。

有問題就解決問題，即使不能完全解決，至少比不解決好。我向還奮戰在臨牀一線的師姐師妹師兄師弟們請教，總結出最重要三條肉身管理，如今違反祖訓，傾囊交代如下：

第一，飲食至重。相對於運動，飲食管理的功效佔八成，運動的功效佔二成。地球人飲食中的大問題是糖癮和碳水癮。建議輕斷食。輕斷食推薦三種：一六八斷食法，就是一天三餐在八小時之內吃完，一天保持十六小時不吃東西；五二斷食法，就是一週連續兩天輕斷食，這兩天只吃一頓晚飯；一天一頓飯斷食法，就是一週七天每天一頓晚飯。

第二，適度運動。一週五天，每天連續三十分鐘有氧運動，或者一週三天，每天連續六十分鐘有氧運動。又，每次運動前充份熱身，每次運動後充份拉伸，保證兩次運動之間的休息，抑制好勝心，不追求個人最好成績，避免運動損傷。

第三，在意睡眠。無論人渣還是人傑，任何地球人一輩子花時間最多的事是睡眠。失身事小，失眠事大。每天七到八小時睡眠，過少和過多都不好。每天如果能睡三十分鐘午覺，更好。

我盡量嚴格遵從以上三點肉身管理要點，三年之後，沒吃藥，血壓正常了，血脂好些了，似乎也開心了很多。

當然，對於肉身，不同人有不同的態度。在我認識的活人之中，我有個朋友，讀中文書最多，也最瘦。他五十公斤、一米七，BMI（身體質量指數）只有 17.3。儘管他很少生病，但是我還是擔心他是不是有某些胃腸道問題。我常常有送他一個高端體檢的衝動，他每每拒絕。他的理由很簡單：「即使有問題，我也不想知道。知道了之後，又不能馬上死掉，難免擔心，徒增煩惱。不去體檢，就意識不到問題。」

「如果有一天，肉身的問題浮出水面了呢？」我問。

「那就是秋天啦，我這片葉子也就該落了。」

我拉着我的老登機行李箱

儘管只住一天醫院，我還是想把自己弄舒服一點。

我 2020 年 1 月 31 日從舊金山飛回北京，那時候，武漢封城，湖北封省，中國緊張，世界其他地方觀望。朋友們都勸我，別回北京，但是我愛北京、愛工作、愛團隊。病毒到處都是，此起彼伏，有千日做賊的，哪有千日防賊的，做好個人防護，飛回去，該做甚麼就做甚麼，讓做甚麼就做甚麼。

回到北京之後，世界加速閉鎖，全球化停擺，從北京去哪兒幾乎都是隔離十四天，回京又是隔離十四天，權衡之下，我還是在北京宅着吧。從 1 月 31 日到 4 月 26 日，接近九十天，我一次都沒飛，我一次都沒碰過我的老登機行李箱。這是我 2000 年畢業參加工作以後，從來沒有過的事情。儘管我熱愛女生和古玉，我參加工作二十年來，平均一週飛兩次，我用指掌連接處拉行李箱拉桿的次數和時長遠遠超過我拉任何一個女生手的次數和時長，遠遠超過我摸任何一塊古玉的次數和時長。

近九十天後，我終於有機會拉着我的老登機行李箱出門去，不是去首都機場，是去仁和醫院。

我忽然收到我同學 G 教授的通知，因為疫情停止正常開手術的公立三甲醫院開始有限開放、謹慎地收病人啦。「你可以把你左腿上的不明腫塊切了。如果不是還在疫情期間，門診手術就可以了，但是如今所有非急診手術都必須住院，住院前都要提前篩查新冠 DNA，手續麻煩一點，非常時期，忍了吧。」我同學 G 教授說。

兩天之後，各種入院前檢查結果包括新冠篩查結果都回來了，都沒事，我獲得了住院許可。

儘管只住一天醫院，我還是想把自己弄舒服一點，而且不憚以最大的惡意預估大型公立醫院人性化的不足，我還是決定認真準備一下行李。我一碰你，你知道要出門了，立馬歡快地躺倒，打開箱子，我一邊思考，一邊往裏面裝。

1. 小區出入證件。各個小區時刻有大媽、大爺以及年輕志願者輪崗，儼如銅牆鐵壁，沒有出入證，躲在汽車後備箱裏都混不進去。

2. 小區門卡。小區門口文字告示明示：門衛沒有給業主開門的義務。

3. 身份證。仁和醫院就診卡被廢除了，現在統一用身份證。我仁和就診卡找不到了，這下不用着急了。

4. 信用卡。沒錢是沒人能給你看病的。

5. 一本正在看的薄的紙書。萬一有時間讀一會兒書呢。

6. 一個 Kindle。萬一有時間讀書但是燈泡癟了呢。

7. 筆記本，萬寶龍鋼筆，熒光筆。萬一讀書時要做點筆記呢。

8. 兩本自己寫的《成事》，一支簽字筆。萬一有師妹或者師弟或者小護士索要我的簽名書呢。

9. 盥洗包。估計房間裏沒甚麼，即使有，也不好用。還是帶上自己用慣的吧。

10. 雲南白藥蒸汽眼罩。正好有時間發呆，發呆時戴上，讓眼袋變得小一點。

11. 耳機。萬一有緊急的電話會呢。

12. 兩部手機。現在誰離得開手機啊？

13. 手機充電器。現在哪個手機離得開充電器啊？

14. 一條大圍巾。北京今年的春天特別長，四月底了，早晚還是涼，沒有太多夏天的樣子。

15. 一條內褲，一雙襪子，一件短袖 T 恤衫。萬一流血不止，止血後可以換上乾淨的衣服

16. 兩包岩茶，一支建盞，一個象印保溫杯。我有熱茶就有幸福感。

17. 一小壺威士忌。聽說手術之前、手術之後一個月不能喝大酒，我就在手術之前的之前喝一口兒。

18. 幾塊厚切豬肉脯。萬一餓得睡不着，吃一塊。

19. 一雙筷子。老象骨的，很漂亮，從我那把蒙古刀上卸下來，刀就不帶了，估計醫院裏沒大塊肉吃。

20. 蔡襄行書貼。萬一睡不着。

21. 一塊老玉。萬一睡不着，摸着。

週日下午，輕車熟路，開到了仁和醫院迷宮的核心處。我拉着我的老登機行李箱下了車，我環顧四周，又開始靈魂拷問了：「我在哪裏？我要幹甚麼？我去哪兒？」

到病房，主管護士最後強調：「有事呼叫，不能自己出病房門。」病房裏終於只有我一個人了，我收拾收拾行李，環顧四周，這個病房真是環保啊，甚麼都沒有，能沒有的都沒有，真是環保啊。

為明天手術做術前準備，給腫塊附近皮膚刮毛，沒剃鬚泡沫、沒洗滌液，水都沒有，乾刮。男護士一邊刮，我一邊看到被刮後的皮膚呈現紅腫的過敏態。

有個桌子，桌子上有個二維碼：如果需要甚麼，掃二維碼購買，樓下小賣部會送上來。

過了晚上七點，一切安靜下來，我病房的窗子朝南，我站在窗口，看到北京飯店、東方廣場、醫科院基礎所、仁和醫科大學小禮堂、仁和醫科大學所在的九號院和整個仁和醫院舊院區的綠色琉璃瓦屋頂，那些曾飽讀、大醉、忍飢、狂喜、失魂、忘機處多數還在。小三十年前，在眼前這片建築物裏，我奮力想弄明白，人是個甚麼東西、好的醫療到底應該是個甚麼樣子。小三十年後，要弄明白的，好些似乎弄明白了，但是似乎也沒甚麼辦法改變，歲月倒是毫無懸念地把我推到生命的後半段，萬物生長過了，該面對老、病、死了。

我以為可以兩手空空進醫院，還是裝了一箱子，這個箱子裏多數的東西，還是沒有用到。「明天早上，甚麼東西都不要帶進手術室，手錶、首飾、假牙、手機。別穿衣服，全脫光，甚麼東西都不要帶進手術室。」我記得同學 G 教授臨走時和我說。

手術很快，很成功。「從手術中看，情況不錯，腫塊是惡性的可能性不大。」同學 G 教授說。我動了動左側大腿，大腿還能動，我摸了摸大腿旁邊的小雞雞，小雞雞還在。

病理診斷要一週之後才能出結果。這個病可能確實沒事了，也可能只是暫時被緩解，和新冠疫情一樣。如果是惡性的，還要考慮進一步手術、化療、放療，但願不是。

「手術後我有甚麼要注意的嗎？」我問我同學。

「一個月內不能劇烈運動，包括長跑，不能喝大酒，不能泡澡。」同學 G 教授叮囑。

好吧，但願一個月以後還能跑 10 公里、還能晨僵、還能大酒，慈悲，慈悲。

離開仁和醫院大門的時候，我忽然很悲涼地想，以後二十年，我拉行李箱的拉桿，去醫院的次數會不會多於去機場的次數？

但願不會，慈悲，慈悲。

想要見到一個多年後的我

從今天開始，一直墜入愛河，如果我能做到。

我 1971 年 5 月 13 日出生於北京，金牛座，貪財，好色，有時貪財多於好色，有時好色多於貪財。君子愛財，取之有道。我沒有對錢財的絕對渴望，又愛惜羽毛，所以至今為止沒掙到沒數的錢財。王小波 1952 年 5 月 13 日出生於北京，和我一天，也是金牛座，是否貪財好色，不詳。他 1997 年 4 月 11 日逝於北京，享年四十五歲。我今年 5 月 13 日就年至半百，五十歲了，比王小波已經在地球上多呆了五年。

時間作為一個維度，和空間的三個維度是不一樣的。我總是覺得時間其實並不流動，不是孔子說的那條河，而是一個可以視同靜止的湖泊。我如果仔細看，我能看到這個湖泊的過去和未來，中間那些變化其實都不是變化，靜止是絕對的，運動是相對的。所以，我從小就喜歡嘲笑時間，總覺得一個人一生中絕大多數重要的事情，要麼很快知道和得到，要麼永遠不知道和得不到。我的文學偶像，包括王小波，絕大多數在五十歲之前就離開了地球。

石川啄木也是我的文學偶像之一，他寫過如下一首短歌：

把只不過得到一個人的事，

作為大願，

這是年少時的錯誤。

機緣巧合，我四十九歲之後、五十歲之前，突然有了前半生沒有的睡眠自由，可以睡到自然醒，聽到窗外的雨聲，繼續不醒，可以像一個潛水員一樣、像一個盜墓賊一樣，潛入夢境的深處，愛呆多久就呆多久。我愕然發現，前半生各種記憶，層層疊疊，都在這個湖泊或是古墓的深處，一點都沒丟、一天都沒少。長生天在這個湖泊和古墓裏的一切安排，都是最好的安排。戰死沙場、馬革裹屍也好，足不出戶、自摸而亡也好，娶得美人歸、耳鬢廝磨後厭倦也好，一句情話不說、一生思念也好，本一不二，湖水蕩漾，醉後不知天在水，滿船清夢壓星河。

年少時覺得，得到一個人是所有的事。如今看，似乎是個傻事，也似乎是個多麼美好的事兒啊。中年時覺得，世界就是沙場，修身齊家治國平天下。如今看，似乎是個傻事，也似乎是個多麼美好的事兒啊。

二十年前，我寫過一個長篇小說《十八歲給我一個姑娘》，二十年後的今年，我五十歲，我想，1949 年，中國人平均壽命四十歲，2020，平均壽命接近八十歲，我如果能活到如今中國人的平均壽命，再過三十年後，我也八十歲了，我對八十歲，有甚麼期待呢？

長生天啊，十八歲給我一個姑娘，二十八歲給我一個寡婦，八十歲給我個甚麼？

在時間的湖底，我看到八十歲的自己，站的位置比我現在距離古墓近了一些。

描繪一下我希望的八十歲的自己的樣子吧——

「我希望，還能自己穿衣服和脫衣服，如果還能站着穿和站着脫就更好了；能自己食蔬食、飲水和飲酒，如果還能醉後不摔倒就更好了；能自己在一個房間裏睡覺而不做噩夢，如果還能夢見前世、今生以及來世中一些美好的人和事兒就更好了；能自己安排出門洲際旅行，如果還能去南極、北極和火星就更好了。

在此基礎上，基本做到人生最重要的兩個原則：第一，自己的事情自己做；第二，不給別人添麻煩。

如果再貪婪一點，我希望，還在持續買一點和穿一點四季輪迴一樣燦爛的新衣服，春水秋山一樣的新衣服。還能用自己的牙齒吃飯，想吃點甚麼就吃點甚麼，想喝點酒就喝點酒，血糖和血脂不高，不用忍着，不用先吃藥再吃東西和飲酒。有三、四個常去的餐廳。老闆娘或是老闆見到我會笑，不用解釋太多，給我安排一個安靜的桌子、常吃的菜和順口兒的酒。還有三、四個常吃喝的朋友，和雲、雨、花、雪一樣，見時歡喜、不見想念。睡的地方陽光充足，早上間或被陽光照醒，偶爾還能晨勃，彷彿陽光下的草木。還愛去住處旁邊的公園裏散步，睡得好的那些天，還能一口氣慢跑 10 公里。還愛花錢，買和用最新的 3C 產品和軟件。還忍不住買點今生注定帶不走的高古玉和高古瓷器，摸着就會快樂。還持續創造，還能寫長篇小說和短歌。」

繼續問我，如果想要見到這個樣子的馮唐，從五十歲的今天開始，要怎麼做呢？

我想了想，說——

一直讀書，而且爭取讀進去，讓自己的身心產生變化。讀書是極好的事，不然就潦倒一輩子。讀書是極好的事，不然就糊塗一輩子。讀書是極好的事，不然就油膩一輩子。

一直寫作，自由表達，不自我審查。

一直管住嘴、邁開腿，天天爭取把自己睡好。

一直請我真喜歡的少數幾個人，吃飯、飲酒、胡說八道。

一直不退不休，在可見的限制條件下，做能做的事，哪怕是極小的事，哪怕是幫很遙遠的年輕人，只要美好。一直創造，不對抗，不退讓。一個人做不了的事，又外包不了，就不做了。否則，絕大多數人和事，會愈纏愈深，愈纏愈無趣。

一直花錢，不要說自己已經有了一切。

一直墜入愛河，如果我能做到。

一直嘗試感興趣的新東西，如果不給別人添麻煩。

一直努力忘記一切負能量：妒忌、貪婪、奢望、離別、厭惡、好勝、破壞慾、不達目的不罷休。

諸惡莫作，眾善奉行。天亮了，又賺了。

三十年後見。遙祝，相見歡。

一個「自戀狂魔」給自己的信

馮唐，性別男，愛好實事求是，特長腿特長。

馮唐，見信如晤。

2020年鬧病毒，我陪你的時間多了不少，我讀別人議論你的文字也多了一些，我驚奇地發現，你是「婦科文學家」，你是超簡詩派創始人，你是油膩老祖，你是「直男癌晚期」，而且，你還是一個「自戀狂魔」。

有些試圖嘲笑和證明你是自戀狂魔的文字相當有創意，有些甚至能讓我看第二遍還能笑出聲兒來，有些甚至謊稱：如果在百度、谷歌等搜索引擎鍵入「馮唐」兩字，下面自動出現的第一條備選詞條是「馮唐自戀」。

自動出現「馮唐自戀」，真是謊稱。我在百度實際測試了，鍵入「馮唐」兩字之後，下面自動出現的第一條備選詞條是「馮唐北京三部曲」（作為一個作家，這一點讓我非常欣慰）。看來，是時候給你寫一封公開信了。一片坦誠，絕對真實，談談我對於你這個「自戀狂魔」的看法。

先拋出結論：你不是自誇，你只是不忌諱正面評價自己，只是不溫良恭儉讓。你不是自戀，你只是實事求是，只是喜歡智慧、慈悲和美。

你是「婦科文學家」。的確，你在協和醫學院系統地學習了八年醫學，畢業論文涉及卵巢癌產生的信號調節機制，博士還沒畢業，作為第一作者，論文發表在《中華醫學》雜誌上。的確，畢業答辯時，評審主席當時問：「如果你畢業不去美國，這個論文給你滿分。」你說：「我畢業去美國，去見識一下。」評審主席說：「那就得減兩分啦。」後來你的畢業論文就得了九十八分。的確，因為有對於醫學的系統學習，你在小說裏大量涉及人類生物屬性的描寫，個別長篇小說還填補了《金瓶梅》和《肉蒲團》之後漫長的空白。

你是超簡詩派創始人。的確，我沒讀過比你的詩更簡潔的詩。的確，你的短歌集《不三》是第一本中文奇數詩集（三百零五首，每首都是三行）。的確，二十一世紀之後，每年春天，草長鶯飛的日子裏，沿海地區最常見的一句詩就是海子的八個字「面朝大海，春暖花開」，內陸地區最常見的一句詩就是你的七個字「春風十里不如你」。的確，你還用這句詩冠名了由小說《北京，北京》改編的電視劇，你還授權了這句詩印在T恤衫上。

為甚麼不應該把詩歌印上 T 恤衫呢？為甚麼不應該穿着這樣的 T 恤衫在街上晃呢？一個時代的暗淡，是從嘲笑詩人開始的。一個時代的美好，是從有井水處就有詩歌吟唱開始的。

「春風十里揚州路，卷上珠簾總不如」被唐朝的杜牧寫了，「春風十里不如你」就沒必要寫了？「黃花瘦肉湯」和「人比黃花瘦」能是一個意思？唐朝的李白寫完「青天有月來及時，我欲停杯一問之」，宋朝的蘇軾就沒有必要寫「明月幾時有，把酒問青天」了？

你是「油膩老祖」。的確，你在這個世界上常常感到「油膩」，你在 2017 年 10 月發表了《如何避免成為一個油膩的中年猥瑣男》，然後你自己的手機被自己這篇文章刷屏了。的確，「油膩」成為 2017 年的年度詞。的確，你寫這篇文章的初衷不是自誇或者自戀，而是自省：在這樣一個油膩的世界上，守住底線，遵守規則，留一點點風骨。的確，你也嚴格要求自己，年近半百，從體重開始，從身體開始，嚴格要求自己，身高一米八，體重六十公斤，三千米跑進十二分鐘，達到清華大學本科生長跑優秀標準。

你是「直男癌晚期」。的確，你是直男，但是你熱愛婦女，你甚至有婦女至上主義者傾向，你覺得女性是比男性更高等的生物、天生比男性接近正見。

傳說：「你每天晚上睡覺都被自己帥醒，夜起彷徨，尿完夜尿，對着鏡子問自己：怎麼辦？」這是胡扯。我和你認識這麼多年，你從來都是一覺兒到天明，半夜從來不起來撒尿。自出生以來，你對自己的長相毫無信心，三十歲之前，你所有女友沒一個誇過一句「你帥」。

對了，後來我發現，「春風十里不如你」不僅印在 T 恤衫上，還印在保溫杯上，還印在路邊的標語和廣告牌上，還印在建築物上。有設計師姑娘覺得這一句詩不夠，還突破性地設計了一款 T 恤衫，胸口的兜兒沒了，兜兒被六片布替代，每片布上都是一首你的短詩。

好吧，我不是佛，你也不是佛，佛是過來人，我倆都是未來佛，在信的結束，我就配合大家，低調一些，用如下一段簡短的文字形容你：馮唐，性別男，愛好實事求是，特長腿特長。

老爸教會我人間美好

老爸無聲無息中教會我的人間美好，一點不比老媽用成千上萬噸的話教會我的少。

老爸，您在天堂最近還好不？

我的讀者常常評論：「馮老師，您總是調侃您老媽，您很少說您老爸，似乎是個媽寶男，似乎沒爸爸。」

我的確有爸爸，的確不是媽寶男，但是我的確很少說起老爸。這是為甚麼呢？

我認真思考之後，似乎明白了。老爸太安靜了，靜如處子。老爸和老媽是兩個極端，老媽能把她一具肉身活成一百頭黑熊，坐在屋子一角的沙發上，我還是感覺屋子裏同時有十個老媽在空中飛。老爸進屋呆了大半天，我常常感不到屋裏多了任何活物。

老爸一生無話，一天最多說三句話，下班之後，每天只做三件事：做飯、喝茶、看金庸和古龍的武俠小說。我每次回家，老爸都是默默給我泡杯茶，然後默默去廚房做飯，等會兒飯菜香從門縫飄出來，然後喊一聲：「吃飯啦！」

我如果很久沒回去，回去之後，老爸還是默默給我泡杯茶，然後默默去廚房做飯，只是老爸會哼些您小時候學的歌兒，歌兒和飯菜香會一起從門縫飄出來，我知道，那是我回來讓他開心啦。

今年的父親節快到了，老爸也走了快六年了。我想起安靜的他，想想他用他的安靜教會我的人生道理，驚奇地意識到，老爸無聲無息中教會我的人間美好，一點不比老媽用成千上萬噸的話教會我的少。

老爸讓我喜歡上喝茶。

我記事兒以後一直到他離開地球，老爸從來沒擁抱過我，我倆之間似乎沒有過任何親密的身體接觸，他從來沒和我說過「愛你」、「想你」之類話，我也沒和他說過。但是每次我回家，我叫老爸一聲「爸」，老爸都會給我泡一杯茶，往我面前一放，一句話不說，轉身去忙飯菜去了。這杯茶，老爸沒忘記過一次。

茶不是甚麼好茶，通常都是茉莉花茶，通常都很濃，可以續很多次水。

知茶近乎禪。一杯茶解決口渴，一頓飯解決飢餓，老爸完全不挑茶葉，不挑茶具，不挑水和火。喝了太久老爸給我泡的茶，我自然愛上了喝茶。到現在，每當端起一杯茶，我就會非常想念老爸。

老爸讓我愛上自然。

我小時候，沒有別的娛樂，為了打發無聊，只能看書。那個時候的夏天，家裏連電扇都沒有，我一邊流汗一邊看《資治通鑒》，看孫臏和龐涓，看蘇秦和張儀，體會人性陰暗，毛骨悚然，也就涼快了。

那時候，我為了看書可以忍受一切，甚至忘記一切。老爸擔心我把眼睛看壞了，但甚麼都不說。一到星期天，他就騎車帶着我，去天壇，去龍潭湖，去東南護城河，看蜻蜓，看花花草草，看魚蟲鼠蟻，釣魚，釣青蛙。他會耐心跟我說這個花叫甚麼，那個魚叫甚麼，就是不和我說要注意保護眼睛。那個時候的龍潭湖公園不收門票，還有魚市、鳥市、花市，賣各種各樣的東西，老爸認識所有的花、所有的鳥、所有的魚。我們家當時沒有甚麼錢，接近赤貧，我也從來不要買任何東西，但是我如果在某種魚、某種鳥、某種花前面一直站着不願意走，老爸總會買給我。後來，我發現了他的這個習慣，我就不在我喜歡的任何東西前面久站了。

老爸離開地球之後，我愛上跑步。我最常跑的路線還是他曾經常常帶我去玩的東南護城河，從京杭大運河的一段沿着護城河跑到天壇。北京是世上世界文化遺產最多的城市，一共七個，京杭大運河是其中一個，天壇也是其中一個。

每次跑步時，我都能想起老爸，不是想起，是遇見老爸，聽見我倆在一起那些時候的聲音，甚至聞到那些時候的味道。比如，夏天，忽然大雨，雨點砸向河岸，激起浮土，鼻子裏重重的土味，彷彿那種土腥味兒很重的鯉魚在周圍飛翔。

如今，我煩了的時候，我就去護城河跑 10 公里，去自然裏，去想想老爸。

老爸還讓我學會自在。

他似乎有種神奇的淡定。無論外面世界如何變化，老爸都能保持內心的安寧。我奶奶去世的時候，老爸也沒哭。我哥和我媽吃一頓飯下來，要吃兩片止痛藥。我媽咆哮一世，老爸也沒腦梗。無論人間有怎樣的不平，無論他自己遭遇了甚麼不幸，他還是喝茶、做飯、看武俠小說。

後來，金庸封筆了。我問老爸，怎麼辦？他說：「再看一遍舊的。我看到結尾，早就忘了開頭。」

我偷偷觀察過很多次，老爸待着看武俠小說的地方一定是那個空間裏最舒服的地方，通風最好，陽光最好。他似乎有種小動物的本能，對自在的、對美好的本能。老爸坐在某個地方，我在他旁邊坐下，我總能感到不一樣的自在和美好。

喝茶、自然、自在，謝謝老爸用不言之教，教會我這三件事。

我想念老爸。

我是你媽呀！

寫到此時此刻，忽然想念，雨大如天。我記得老媽的一切好處。

在地球人中間，在身邊人中間，在我五十歲之前，老媽一直是我最不用擔心的那個人。即使天塌下來，我相信，塌下來之前老媽一定還是能拉住一個比她個兒高的人筆直地站在身邊。即使她遇上三個頂尖的騙子，我相信，他們的錢即使不被老媽騙去，他們的心也會被氣出冠狀動脈狹窄。

那是一個十年前的冬天，老媽和我說，有人要賣給她全球領先的全身經絡理療儀，可以零首付，還附送人身意外險和全球領先的足浴盆。

我說，騙子。

老媽還是去了他們的體驗店，回來說挺爽，體驗不錯。

我說，騙子。

老媽說，凡事嚐三嚐，我再去幾次，再說。

那個冬天過去了，海棠花開之前，我想起來老媽和她的全球領先全身經絡理療儀，我打電話問老媽：「您後來買了嗎？如果真喜歡，就買吧，心理安慰也是安慰，對身體也有好處。錢我出。」

老媽說：「他們是騙子。你以為我傻啊，我是誰啊，我是你媽呀！我免費去第十三次之前，想起第十二次離開時他們的眼神兒，我就猶豫了。我擔心我這次還去，他們很可能會把針對我的電壓調高到工業用電的水平，我就再也見不到你了。」

除了我已經在構思寫老媽的那個長篇小說《我媽罵過所有的街》，我還想寫一個電影劇本。開場是這樣的：廣渠門外垂楊柳自視最高的四個騙子，坐在垂楊柳中街宇宙牛肉麪館北側樓洞兒裏的一張麻將桌上，其中一個說，咱們這牌已經打到快天亮了，還是沒有輸贏，這樣吧，我們不打了，重操舊業，去騙老頭兒、老太太，二十四小時之後，再在這裏碰頭，誰騙到的最多，誰最牛逼。

另外三個騙子異口同聲說：好！然後四個騙子趁着殘留的夜色朝東、西、南、北四個方向隱去。

下面四場戲是，這四個騙子都倒霉，在二十四小時之內都遇上了老媽，然後，就沒有然後了。

在地球上，在我前半生，我認識為數不多的三、五個像老媽這樣的人，剽悍、大器、茂盛，讓我深信，女媧、夸父、后羿這類人真的曾經在地球上存在過，不是外星人，也不是無稽之談。

但是，我五十歲之後，開始擔心老媽，如今地球上我最擔心的人就是老媽了。老媽過去八十年賴以生存的核心特質變成了她的餘生幸福的巨大障礙。

老媽習慣性欺負周圍任何智商低於一百五的人類。老媽的錢只進不出。老媽能在一切局面裏看到矛盾然後拼命攪合。老媽利用她能利用的一切（老媽把這稱為拯救地球），甚麼都不扔。老媽沒有任何長期計劃。老媽痛恨一切保姆。老媽能不運動就不運動。老媽想吃啥就吃啥。

可是，老媽的肉身已經跟不上她這些根深蒂固的核心特質了。換了膝蓋之後，邁不開腿和管不住嘴已經讓她接近不能自理了。心肺功能已經下降到了不能承受嚴重的感染了。依舊強悍的腦力、變本加厲的好勝和挑事兒已經讓很多身邊人不能忍受和她在一起超過一個小時的時間了。

一個能滅掉一切人類的人，比如老媽，在離不開人的時候，怎麼辦呢？

寫到此時此刻，忽然想念，雨大如天。我記得老媽的一切好處。

老媽教我喝酒，喝多了如何還能不露怯、還能回到住處反鎖上門再吐。老媽教我好勝，生為男生，不好勝，How Are You 嗎？老媽教我獨立，我生無田食破硯，「兒子，你記住，你生下來除了一個雞雞，甚麼都沒有，你只有靠你自己，你只好自己奔去。」老媽給我好勝、獨立的底氣。一九九八年夏天，我二十七歲時第一次坐飛機飛美國，臨出門前她塞給我一個信封，裏面兩千美金現金。老媽說:「混不下去就買張機票飛回來，我在，我是你媽呀。」

老媽依舊好勝，但是已經喝不了大酒了，也愈來愈難獨立生活了。綜合考慮，萬事難全，三觀難改，我現在沒法買一張機票回到她身邊，然後圍着她轉呀轉。

怎麼辦？我擔心老媽。

最愛我的那個女人走了

老媽是薩滿，知道到時候了，走前兩個月，把她的仨孩兒都見過了，把銀行卡裏所有的錢也都轉給我了。

2024 年 3 月 27 日，16:45，北京，老媽走了。

老媽臨走時，哥哥在身邊。電話裏，他和我說，老媽沒受甚麼罪。

我在倫敦，倫敦難得地陽光明媚。我坐在餐廳的窗邊，選馮唐講《資治通鑒》第三季的一百零四個案例，王莽出場了。兩隻知更鳥（紅胸鴝）飛到窗前，胸口在陽光下金光閃閃，表示了對於王莽的好奇。我讀書、寫書、寫字，半小時以上，這兩隻知更鳥就會飛到我身邊叫嚷，告訴我外邊剛剛發生的事情。

三天前我才從北京飛回倫敦，計劃着處理完幾個事兒，過兩週就再飛回北京。離開北京時，老媽的病情已經穩定，腦子非常清醒，開始和我打聽近來街面上的兇殺色情，開始搬弄是非，罵一些我倆都認識的人，特別是我哥和我姐，而且，想吃白菜粉條了。主管醫生說，老媽可以轉出 ICU 了。

「不舒服。我看差不多了。」老媽說。

「您放寬心，還能活很久呢。您想啊，白菜粉條，涮羊肉，手把羊肉。您不是還想去外蒙古嗎？您不是還想帶我回老家老哈河看看嗎？在老哈河邊，咱倆開瓶寧城老窖，吃肉，吹牛。」我一下子列了好些老媽心心念要做的事兒。三年以前，我總勸老媽，這麼大歲數了，別老那麼多慾望。老媽總是罵回來：「生而為人，慾望滿身，沒慾望了，我還是人嗎？」近三年，老媽先是不能自理了，再是不能走了，再是不能站起來了，北京垂楊柳之花加速衰壞，出不了醫院病房了。我每次見她，都挑逗她的慾望之火，希望她不要熄滅。

「好啊，我配合治療，我爭取能站起來，你陪我去蒙古。你走吧，別太累，差不多得了。」老媽說。

這是老媽今生對我說的最後一句話。

「您聽醫生的話，每天能動彈就動彈動彈，我很快回來看您，等您能坐輪椅了，我陪您去蒙古。」然後，我趕去機場了。

電話裏，我和哥哥定完葬禮相關的事項，我問哥哥，老媽最後是怎麼走的？

「醫生突然通知老媽快不行了，我趕過去，老媽心跳幾乎已經沒了。醫生說，已經搶救了半個小時了，心臟衰竭了，放棄吧。我想，咱們仨孩子商量過，也和老媽確認過，不讓老媽受太多罪，我就說，好，放棄吧。我和你說個神奇的事兒，醫生和護士們走了，我和老媽兩個人在病房，我看到她笑了，我照了相，稍後發給你，她竟然笑了。」哥哥說到這兒，就在電話那邊哭了起來。我說，別想當時的場景了，我趕最早的一班航班飛回北京。

老媽是薩滿，知道到時候了，走前兩個月，把她的仨孩兒都見過了，把銀行卡裏所有的錢也都轉給我了。老爸是佛，不用知道，抬腳就走了。老媽這是去找老爸去了，八年之後，她又可以吃老爸炒的白菜粉條了。2016 年 11 月 13 日，老媽生日，中午，老爸給老媽做了麪條，倆人吃完，老爸睡午覺兒，就再也沒起來。估計這次老媽見到老爸，會罵他為甚麼不辭而別。

把我帶到地球上的那個女人剛才離開地球了，從自己嘴裏省出飯錢給我買書看的那個女人剛才離開地球了，在人群中一眼就能看出誰是我女友的那個女人懶得再看一眼這個地球了。

小學的時候，我立志讀盡天下書，我跟老媽要四十五塊錢，我要買全套《辭海》。

「好。你知道我一個月工資是多少嗎？五十五塊錢。

但是，買書，只要你買了之後會看，多少錢都可以。」老媽說。

後來這四十五塊錢在學校被人偷了，我回家，拒絕吃飯。

「你是不是不甘心，還想買？買吧，媽有錢。這次把錢放好。」老媽說。

我沒好意思買四十五塊錢的那版《辭海》，我花二十塊錢買了一本綠皮的厚厚的縮印版，我從頭讀到尾。我還記得第一個詞條，「一」，「一介書生，三尺微命」。

老媽走了，1937 年生，2024 年走，八十七歲。我開了那瓶想等她身體好了和她分享的香檳，她年份的，1937 年的香檳。我腦海裏的畫面，1937 年的她喝 1937 年的香檳，就涮羊肉，人生美好。1937 年的香檳留在瓶子裏只剩一半了，但是喝到嘴裏還很年輕。嘴裏香檳咽下去，眼裏淚流下來，我腦子裏的老媽還是那個年輕的、一頓能喝一斤白酒的、不會跳舞會騎馬的、罵人詞彙遠超《新華字典》的老媽。

當時，我在香港，我沒看到老爸最後一眼。如今，我在倫敦，我也沒看到老媽最後一眼。我儘快安排好了機票，回去送她最後一程。這次飛回北京，跟之前一千多次飛回北京的飛行不同，下了飛機，雖然還是去看老媽，但是老媽不會開門，不會說「抱抱」，抱了之後，也不會說「瞧你累得這個傻逼德性」。

和我爸走的時候不一樣。我知道老爸走了，直接哭倒在洗手間，然後就不哭了。我知道老媽走了，還堅持打完兩個電話會，還做完一個近兩小時的私域直播。但是，我一直在找機會哭，一直沒忍住，一直恍惚，我不知道會持續多久。

那就就着悲傷寫寫文章吧，長篇小說《我媽罵過所有的街》可以開始寫了。

老媽走之前，幾乎每次見我都問：「你寫我的那篇小說開始寫了嗎？」

「沒呢。」我回答。

「為啥不開始寫？」老媽問。

「您還在地球上啊。我有個預感，我一開始寫，如果寫順了，您就離開地球了。」我回答。

「那我離開地球之後你再寫，這小說即使賣火了，我也分不到錢了，我也聽不見掌聲了啊！」老媽說。

「我在您走之前寫完了，書賣火了，我也不分您錢。我是作者，您是原型，我為甚麼要分您錢？」我說。

「真他媽精逼，真他媽精逼。信不信我死你後頭？」我媽問。

「如果您真能死我後頭，那真是太好了，那我真是太幸福了。」我說。

老媽，我說的是真話。如今，您走了，活着的我還是挺難受的。

算了，開始寫以您為原型的小說《我媽罵過所有的街》。

第一句：「其實你媽，我，不是個渾人，我，不是想罵街，只是這些人類太傻逼了。上了哈佛，還學了佛，還是他媽那麼傻。不罵，怎麼辦呢？」

2024 年 3 月 28 日，倫敦

你好，衰老

容貌畢竟只是一個皮相，上半生用了它的花開，下半生就接着用它的花落。

最近因為「衰老」，我捅了個大婁子。

三十二年前，我在北大生物系上醫學預科。後來微信流行，北大生物系也有了一個群。群裏的同學天各一方，分散在五大洲三十幾個城市，肉身很少彼此相見，每天在群裏不鹹不淡地聊幾句，不定期在 ZOOM 上雲聚會，稀稀拉拉十來個人參加。群裏的同學們偶爾到一個大城市出差，偶爾約，三五個人聚聚，小吃小喝。

四週前，有同學在這個群裏發出一張聚會的照片。照片上五個人，據說都是我們同學，我一眼掃過去，只認出三個，仔細辨認，才認出另外兩個。三十多年的歲月把大家的肉身捏吧得挺狠。

我不由得嘆了一口氣。時光，歲月，日子，流水一樣，風一樣，我們的肉身，流水沖刷下的石子兒一樣，風吹拂下的樹葉兒一樣。

我再次細細看這張照片，在非常難認出來的兩個同學中，有一個是我們男生心目中絕對的班花、系花，在我心目中，甚至是當時全北大的校花。

我不由得又嘆了一口氣。那個班花當時確實漂亮，而且家世很好，九十年代初期就住四室兩廳的房子，而且學習很好，風輕雲淡地坐在自習室唸書，偶爾摸摸自己的頭髮，每次考試不是第一就是第二。

我嘆氣時，內心湧出很多與此相關的句子：

日月忽其不淹兮，春與秋其代序。惟草木之零落兮，恐美人之遲暮。

逝水韶華去莫留，漫傷林下失風流。美人自古如名將，不許人間見白頭。

而且，雖然長輩們一直強調，腹有詩書氣自華，但是，現實殘酷，時間無情，流水不捨晝夜，雖有詩書藏在心，歲月依舊敗美人。

從 2022 年 1 月開始，我每週二晚上十點在微信視頻號平台上直播，類似我小時候喜歡的午夜閒聊的電台廣播節目。我定的風格是，三無：沒主題，沒嘉賓，沒流量，有點自己的書和音頻課，愛買不買。三有：有紫白凡（我自己創的一個詞彙，取紫禁城、白金漢宮、凡爾賽宮的第一個字合成，意思是不經意地吹牛。比如說，馮唐業餘寫作二十年，只是寫得不業餘），有側顏殺（據說我側顏顏值高於正臉，油膩老祖又號南城金城武、倫敦梁朝偉），有老媽附體（我媽比我刻薄，我有時又想刻薄，但是又礙於詩書禮教，不好意思。在直播中，一旦遇上這樣的情況，我就高呼，「老媽附體」，然後就敞開了刻薄。在這過程中，也積累素材，培養感覺，為寫我第八部長篇小說做準備。第八部長篇小說的名字定啦，就叫《我媽罵過所有的街》）。

兩週前，我週二晚上按時直播，直播前喝了口兒，有點微醺，直播時想起「雖有詩書藏在心，歲月依舊敗美人」，有點傷感，就把在微信校友群裏隔了三十多年看到照片這件事聊了聊，唏噓了唏噓。直播之後，這段視頻被觀眾剪成了小視頻，在抖音、B 站、微信視頻號等等短視頻平台都有發佈。後來，有至少三個同學和我私聊，說：你在幾個不同的北大校友群裏被很多女生責罵。

我糊塗了，這不符合邏輯啊。長得普普通通甚至長得豬八戒他二姨般的女生們，意識到「歲月終究敗美人」之後，應該開心才對啊！無論青春時如何一笑傾城、再笑傾國，到了青春期的盡頭，到了絕經期，大家都一樣了，零落成泥碾作塵，只有香如故。

一個智慧濃度很高的女生發過來一句微信：「你真是純直男，二貨直男啊！莫笑少年江湖夢，誰不年少夢江湖！

每個男生都認為自己是能逐鹿中原的英雄，包括豬八戒，每個女生都認為自己是傾國傾城的班花啊，包括豬八戒他二姨。」

我不由得嘆了第三口氣。人類真是不願意面對真相啊，人類真好騙啊。「臣不知忌諱」，我能做到的是說真話，自己不刪自己說的真話。不老、凍齡、逆生長都是一種相對的說法和幻覺，領異標新二月花有它的好，刪繁就簡三秋樹也有它的好，花開時花開，花落時花落，都是命，都是美。

容貌畢竟只是一個皮相，上半生用了它的花開，下半生就接着用它的花落。

衰老，來就來吧，反正我也無法反抗。我不打針，不吃藥。在抗衰老的道路上，我只做一件事：嚴格控制體重，把體重控制在大學畢業時的水平。

至於如何做到，下次再說。

憶昔日壯勇，
嘆慾火未遂

我是詩人啊，我不能沒有酒，再戒酒，我做人有愧啊。

「一天早晨，格里高爾·薩姆沙從不安的睡夢中醒來，發現自己躺在牀上，變成了一隻巨大的甲蟲。」

2019 年 12 月的一天早晨，我從不安的睡夢中醒來，發現自己躺在牀上，左腳面外側發麻、左腳踝和小腿外側也發麻、右腳面外側也發麻，左腳面外側麻得最厲害。

最開始我以為是昨晚睡姿不好把某根大神經壓麻了。這幾天我休年假，像以前那些年假一樣，瘋狂補覺兒、讀書、寫小說。在這些年假的夢裏，我不由自主地打腹稿，難免人我、禽獸、神鬼不分，三觀淩亂，五蘊熾盛，夢魘有時把我肉身的某部份壓住，人醒了，肉身的那部份還是在麻麻的夢裏。

我試圖緩慢而積極地在屋子裏蹓躂，活動開筋骨，夢魘之麻就會沒有了吧？彷彿一邊拉屎一邊玩手機，時間長了，站起來之後雙腿麻木，喪失行動能力，要扶着牆慢慢走幾步，麻木才能消失，雙腿才能行走自如。我扶着牆走了好幾百步，我不扶牆又走了好幾百步，雙腳能行走自如，但是左腳面外側的麻木還是麻麻地還在。

幾天前，我剛剛拿到體檢報告。四十歲前每年不想做體檢，因為體檢很可能沒用，抽了無數管靜脈血，所有指標結果都正常。四十五歲後每年也不想做體檢，因為體檢的結果往往是壞消息：原來不正常的指標很可能變得更壞，原來正常的指標這次可能變得不正常。

這次的報告結果又一次證明了這一趨勢：輕度高血壓，建議戒酒；高脂血症，建議戒酒；高同型半胱氨酸血症，建議戒酒；主動脈壓偏高，建議戒酒；早期動脈硬化，建議戒酒；輕度脂肪肝，建議戒酒。

我同班同學名字裏有個「太」字，畢業二十年之後成長為心內科專家。我打電話給他：「陳太醫啊，我不能沒有酒啊！我已經很努力了，我體重已經降到大學畢業前的水平了，BMI 只有 19，體脂不到 13%，10 公里跑不到五十分鐘。血壓也降了一些，肝功也正常了，但是血脂就是不降反升。我還是不想吃降脂藥，我總覺得，人體複雜，用藥物調整基本生理指標可能會產生一些意想不到的副作用。我還有一個理論，這些生理指標範圍是給全人類用的，我不是全人類，我是個另類，很可能高血脂對我的心血管沒有不良影響。我先不吃降血脂藥，半年之後再觀察。但是，更重要的是，我是詩人啊，我不能沒有酒，我不能戒酒，人間至樂的吃喝嫖賭抽裏面就剩一個酒了，再戒酒，我做人有愧啊。我才出了兩本詩集，或許還有三百首埋藏在未來的腦海裏，戒了酒，一首也挖不出來了，我不能沒有酒啊。」

陳太醫答：「第一，你的甘油三酯高一點、低一點，問題不大，甘油三酯水平與飲食關係明顯。第二，你現在需要關注的是低密度脂蛋白膽固醇，這個東西與動脈粥樣硬化狹窄有關，與飲食關係相對小，主要與自身基因有關。你再看半年是可以的，半年時間影響不大，半年後看血管超聲。第三，不存在身體已經耐受高膽固醇的說法。目前你的血管還行是因為你的年齡還不大，其他危險因素還不突出，但到底甚麼時間血管受損表現出來不知道，不要心存僥幸。第四，關於降脂治療，我的想法是該到用藥的時候就及時用藥，早用早受益。這類藥物使用人群現在非常廣大，安全性沒有問題。第五，科學研究表明，只要飲酒就有害處，但我個人認為適當飲酒（不酗酒）是可以接受的，最好別喝到吐。我也希望我同學裏有個更偉大的詩人。」

在左眼眼花了之後沒兩月，體檢結果明確提示我需要戒酒。在我明確需要戒酒之後沒兩天，睡醒之後腳麻了。我打電話給我的骨科林進老師，描述我的腳麻症狀。

林老師答：「應該是有骨突出壓迫神經了，L4、L5、S1 的可能性大。這兩週先不要長跑了，也別伏案寫作了，多平躺休息，可以做點腰背肌運動。等急性期過了，還是要系統地訓練一下核心肌群，來穩定脊柱。簡單說，恭喜你，你和我一樣，大家都到歲數了。『無媒徑路草蕭蕭，自古雲林遠市朝。公道世間唯白髮，貴人頭上不曾饒』，疼痛也不會饒過詩人，疼痛甚麼人都不會饒過。」

眼花，這輩子想讀的書讀不完了。高血脂，這輩子想喝的酒喝不完了。腰椎再出問題，跑步也不能放開跑了，小說也不能放開寫了。讀書、寫作、飲酒、喪跑，中年和北京的秋天一樣短到沒有，四十歲後殘存的四大快活，不到五十歲就基本失去肉身支持了。

憶昔日壯勇，嘆慾火未遂。時間之水是如此之淺，似乎幾天前心性還在和性慾搏鬥，幾天後，性慾的威脅就讓位給肉身的痛苦。

有花盛就有花殘，生苦、老苦、病苦、死苦、愛別離苦、怨憎會苦、求不得苦、五蘊熾盛苦。既然陳太醫和林老師都沒有甚麼更好的辦法，那麼老了就老了唄，麻就麻唄。

麻辣隔壁。

生命劃過的痕跡

誰也不要嫌棄彼此，愛不釋手，耳鬢廝磨，我們就這麼着過吧。

我自幼有嚴重的劃痕症，我讀契訶夫《套中人》，感同身受。老天就是把我生成了套中人啊，如果有條件，套上加套，一生嚴防劃痕。

我愈閱讀，愈同意，好作家是天生的，包括天生的多病和書面文字感覺，也包括後天的領悟和命運多舛，國家不幸詩家幸，如果不是安史之亂，李白和杜甫也成不了中國古往今來排名第一第二的詩人，「一兩聲嚎叫，半個盛唐」。

從我出第一本長篇小說《萬物生長》開始，就有很多朋友明說或者暗示：「馮唐你文字感覺很好，但是命太好、太順，沒吃過甚麼苦，所以不會有甚麼大成就。」我在管理諮詢公司練過十年，我知道，觀點對觀點，無法分出勝負和對錯。我在文學上有否大成就，現在無法確定，不歸現在活着的人定，歸五百年之後的活人定。五百年之後，如果還有戀人在河邊蹓躂，男的和女的說，「春風十里不如你」，如果大學課堂裏，還有年輕的醫學生一邊聽教授講《人體解剖》一邊偷偷看藏在兩腿之間的《不二》，我在文學上就有大成就，否則就沒有。

我現在可以確定的是，我受過很多苦，我不說，也很難說清楚，我的朋友們也不知道。比如，我從小過份敏感，對月傷心，見花想哭，戀愛的時候，空氣、風、雨水、我的下半身和我的上半身都在傷害我。比如，我從小的劃痕症，心理上總是拒絕無常是常，總是希望月長圓、花長好、美人永遠如初相見。所以，從記事兒的時候開始，哪有甚麼好日子，這不叫吃苦嗎？

我的前半生是和劃痕症不懈鬥爭的前半生，在漫長的鬥爭過程中，我創造和積累的好幾種對付劃痕症的方法：

第一，講道理。我勸自己，好東西丟就丟了，不就是一個西周紅瑪瑙手串嗎？不就是還配了一個清代羊脂玉的小猴子嗎？丟了，就丟了，其實沒丟，還在天地間，被其他任何人或者小動物撿走，也會被他們珍惜，福德多，福德多。丟都不怕，新生的殘缺和劃痕就更不是事兒了。天地皆殘，何況物乎？在高倍放大鏡下，所有東西都有劃痕，都是傷！都是不完美的！人都是要死的，你也是，何必如此在乎一個東西上新添的劃痕？不要讓自己變成一個笑話！

第二，放一邊。金聖嘆三十三個「不亦快哉」之一：「佳瓷既損，必無完理。反覆多看，徒亂人意。因宣付廚人作雜器充用，永不更令到眼。不亦快哉！」看來金聖嘆也是我的病友，學習他的經驗，那個東西上的劃痕和殘損受不了了，放到目光所不能及之處，送人！眼不見，心不煩！

第三，買好的。丟了一個，劃了一個，實在不行，咬咬牙，再買一個，再買一個更好的！

松浦彌太郎寫過一本《日日一百》，我很早就讀過，很喜歡他從容地戀物，我還買了好幾本送朋友。我最近在蜻蜓 FM 主講一個讀經典書籍的節目《馮唐講書》，重讀了他的《日日一百》，注意到他的一句話，這句話幾乎治癒了我的劃痕症。

松浦彌太郎說：「它們有的像親密的老友，也有的像初識的夥伴。」

這句話平淡無奇，但是對於我卻是五雷轟頂：在我使用之後，所有器物上的劃痕和傷殘都是我和器物之間的愛情故事啊。都是生命的痕跡，都是時間的溫度，都是我的印記！

那些劃痕都是舊日的時光，留在器物上，包漿生動，寶光晶瑩，隨時可以講起那些舊日的故事。這些故事似曾相識，花好月圓，永遠不死。

「春衫猶是，小蠻針線，曾濕西湖雨。」春衫上的不是劃痕、不是磨損，都是曾經活過的美好時光。

我身邊的這些器物啊，今生，我們是一家，一個池子裏的王八，人書俱老，物我皆殘，誰也不要嫌棄彼此，愛不釋手，耳鬢廝磨，我們就這麼着過吧。

謝謝松浦彌太郎，簡單一句，簡單治癒了我的心理頑疾。

暫時性立地成佛

世界不只是增長和屠龍，忙是心忙，不忙之後，宛如新生。

我寫這篇文章的時候，2020 年終於馬上就要過去了，2021 年再過幾天就來了。2020 年，新冠病毒讓整個人類社會踩了急剎車，剎得如此猛烈，地球被重新剎圓了，不再是平的了。一個人心裏再煩悶，也無法從香港坐飛機飛到倫敦，在特拉法加廣場餵個鴿子，然後飛回香港馬上投入工作。

因為各種機緣巧合，我在 2020 年 7 月初飛到倫敦，下了飛機，的確去特拉法加廣場附近吃了個中飯，看了個畫展，然後就在倫敦飛不出去了。

從 7 月初到 12 月底，倫敦經歷了兩次封城，聖誕老人說，因為疫情，他也破天荒地不來了。倫敦市長薩迪克 · 汗說，倫敦經歷了「自第二次世界大戰以來最糟糕的一年」。二戰剛結束時，我還沒出生，更沒在倫敦，所以無法評論薩迪克的判斷。我可以判斷的是，2020 年和我經歷過的任何一年都不一樣。我 1971 年生人，屬豬，金牛座，貪財好色，貪財多於好色，但是我膽小，所以「君子愛財，取之有道」。我成長在改革開放的春風下，屬嚴格定義下的改革一代。在我有意識以來，每一年的社會主題都類似：開放，開放，更開放；增長，增長，再增長；發展，持續發展，持續快發展；掙錢，持續掙錢，持續多掙錢。每一年的個人主題也都類似：學習，學習，再學習；修煉，修煉，再修煉；見識，多長見識，持續多長見識；成事，持續成事，持續多成事。學完醫學，學管理，學完諮詢學運營，學完當幕僚學創業，學完創業學投資。十年磨一劍，如今磨了二十年了，隱約覺得屠龍技學成了，隱約覺得也屠過個把龍了，2020 年來了，新冠病毒來了，忽然發現，沒龍了，可能在看得見的二十年也沒龍了，花二十年好不容易修煉成的屠龍技沒用了。四、五十歲，正是能打的時候，沒仗可打了。十年一眨眼就過去，再過十年，我這一代人體力就跟不上了，就該退休了。

劉備哭訴說：「吾常身不離鞍，髀肉皆消。今不復騎，髀裏生肉。日月若馳，老將至矣，而功業不建，是以悲耳。」

這也是我 2020 年最大的恐懼。而且，這個恐懼無法和外人分享。我在公園門口買個冰激凌，嘆一口氣，和冰激凌車上的小夥兒說：「唉，如今世上無龍。」小夥兒給我的蛋捲裏多加了一個冰激凌球：「天色已晚，反正我也賣不出去了，多送你一球冰激凌，祝你找到你的龍。」

2020年，死宅着，相對閒着，也不是沒有收穫，其實，突破很多。

我學會了泡咖啡，滴漏和法壓都會了。泡出來的咖啡提升空間肯定巨大，但是秒殺我喝過的任何連鎖咖啡店的咖啡。我過去泡茶總是超級難喝，再好的岩茶和普洱都能被我泡出一股濃濃的心不在焉的味道，彷彿好茶葉都知道我一門心思在思考屠龍。有一天我突發奇想，用法壓咖啡壺泡岩茶，終於，茶湯沒了那股心不在焉的味道。

我扔了舊跑鞋，買了雙新跑鞋，在住處旁邊的大公園裏喪跑，打破了過去三年都沒突破的個人紀錄：3公里，十一分四十秒，5公里，二十一分一秒，10公里，四十二分十七秒。對於年近半百的我，這估計是我這輩子的個人最好成績啦。

我學會了烤串，羊腿串和雞翅串齊飛。在朋友的指導下，我明白了做好羊肉串的秘訣：羊肉要好，孜然要現磨。剛剛被磨碎的孜然撒在上好羊腿肉上，真是香啊。跑10公里之後，喝半瓶香檳之後，擼十串羊肉串之後，如果還不開心，那還是人嗎？

我寫完了我的第七本小說《我爸認識所有的魚》和《馮唐成事心法》。我驚喜地發現，我最擔心的作家枯竭（Writer's block）沒有在倫敦期間出現。我忽然意識到，我的第一本小說《萬物生長》就是在亞特蘭大完成了主體。我這一代漢語作家可能是 1949 年以後第一批真正的世界作家，放在地球任何一個角落，溫飽之後，都能寫。

我書道和塗鴉有了突破，拿墨汁和水塗鴉的小畫受到專業畫家真心誇獎。我惴惴不安，問：「我完全沒受過訓練啊，怎麼可能好？」

「不受訓練挺好的。靈魂自由，手也自由。訓練多了容易乾枯。畫畫是心、腦、手一起的，手只佔三分之一。」專業畫家答。

我忽然意識到，過去三十年，我過份修煉了，過度工作了。停下來，閒一閒，腦子放空了，新的開悟才能更好地發生。世界不只是增長和屠龍，忙是心忙，不忙之後，宛如新生，放下屠龍刀，暫時性立地成佛。

我查看微信朋友圈記錄，一年前，《GQ》組織我們幾個人暢言 2020 年新年願望，還錄了視頻。2020 年底的時候，我又看了一遍這個視頻：趙又廷說，他想隨時休息；陳凱歌說，不想幹就辭職；李寧說，喝啤酒，繼續喝啤酒；我說，喝酒吧，喝很多酒啊。

我確定，沒一個人在 2019 年錄視頻的時候想到 2020 年會是這個樣子。但是，神奇的是，大家的新年願望似乎都實現了。7 月初，我到倫敦之後，入鄉隨俗，擔心深度抑鬱，和丘吉爾學習，買了很多香檳，開心的時候喝，不開心的時候更喝。喝完了的空瓶子堆在開放式廚房的檯面上，到了 2020 年底，堆了四、五排，堆滿了廚房的檯面，彷彿深山雨後堆滿山谷的朽木，彷彿醫學院宿舍堆滿牀下的啤酒瓶。新年夜之前，我決定清理，用了四個大垃圾袋，運了四次，每次裝到我幾乎拖不動。我慨嘆：倫敦垃圾袋的質量真好啊。我匡算：這六個月，大概喝了兩百瓶酒，大概寫了二十萬字，平均一瓶酒一千字，稿費剛剛夠酒錢。

有個好朋友看了 2020 年新年願望的視頻，問我：你 2021 有甚麼具體願望嗎？別說人類、疫苗、火星、基因編輯、中美關係等等大事情。

我想了想，又想了想，回答：2021 年，我想保持和 2020 年基本一致的體重，BMI 在 19 以下。

有範兒！
甚麼是有範兒？

你從不談錢。我談價值。

對英範兒最初的印象來自於一部叫《跟我學》的英語教學片兒。那是二十世紀八十年代初的事兒了。片頭是一個英國中年男，瘦高，穿了一套含馬甲的三件套暗色西裝，快步走上一座紅磚樓的樓梯，眼睛衝着鏡頭一甩頭：Follow Me。我那時正在上小學前半截，正在迷戀偉大的漢語，學着李白對着月亮狂叫：「噫吁戲，危乎高哉！」我沒怎麼跟着學英文，對於英範兒的印象止於：瘦高、三件套、紅磚破樓。後來，西洋和東洋的愛情動作片湧進來，《跟我學》被拿去灌了那些更接地氣的東西，英國三件套瘦子甩頭「Follow Me」之後的音視頻就是那些男女之事了。

後來，對英範兒的印象來自於多部英國小說。那是二十世紀九十年代的事兒了。為中華之崛起而讀書，我想讀盡英美帝國主義的腐朽文學而批判、趕超之，在學醫之餘，拼命讀英文長篇小說。讀了四、五十部之後，我深刻體會到，人是長在土地上的植物，一方水土養一方人，作家也是，國運即文運。美國是如今的世界首富，英國是上一個世界首富。讀美國作家，總感到一股少年氣，「少年心事當擎雲」，哪怕是八十歲的亨利·米勒。讀英國作家，總感到一股中年氣，「如今是雲散雪消花殘月缺」，哪怕是寫得早、死得早的奧斯丁，核心詞也是算計和嫁娶，和愛情動作沒甚麼關係。勞倫斯、狄更斯、薩克雷、邱吉爾、麥克尤恩給我的英範兒核心是：年收入，年花銷，階層區隔，濕冷，規矩，淡定，性無奈。

再後來，我在英國曾殖民管治的香港工作和生活了二十年，對英範兒的印象來自於這段忙碌的時光：法制和秩序，小政府，通常信任居民，但是發現違法重罰，人們總是排隊，嚴格遵守時間，即使下雨，即使是中環，城市道路也不會被堵死；包容和圈層，儘管沒有任何本土美食，全世界各地的美食都有，幾乎都及格，有的甚至能得九十分以上，但是各自在自己的圈層活動，幾乎從不破圈；熱愛馬和跑馬，熱愛教育，自己知天命前後，放棄自己的今生，以教育的名義驅動自己的孩子拼命；Mini、路虎、賓利、勞特萊斯，啤酒和威士忌，足球、披頭士和 007。

2020 年下半年開始，因為新冠疫情滯留倫敦，我開始真正在英範兒裏衣、食、住、行，發現了不少以前離岸感受不到的地方。比如，倫敦有世界大城市裏最美的夏天，細雨斜陽，微微清涼，過去那麼多年為甚麼沒有任何人和我說過？包括倫敦人自己。比如，倫敦是世界大城市裏的跑步聖地，冬天沒有嚴寒，夏天沒有炎熱，一年中八個多月可以穿小羽絨服，低海拔，多公園，門票全免，多行人專用道，人車分流，一條泰晤士河貫穿整個城市，聖詹姆斯公園、格林公園、白金漢宮、海德公園在城市最中心連在一起，外周跑一圈，最美十公里。比如，倫敦是世界大城市裏的睡覺勝地，小到中雨，說來就來，說走就走，二十一世紀的科技手段也不能準確預測明天的天氣，聽着雨聲，睡到自然醒，醒後喝杯香檳，看會兒書，等雨聲。

最近讀到一個清單，列了四十個英範兒「入流」（Posh）。我問一個在倫敦住了無數年的小姐姐：「這個清單如何？」小姐姐直接回答：「很稀鬆，不太入流，沒有觸及精緻生活和貴族精神的本質。」

既然對英範兒已經有了那麼多間接印象，既然在英國已經直接住了一陣，我就姑且對照一下這四十個「入流」，找找差距，決定未來是不是要想想辦法彌補。

1. 你上過寄宿學校。我上過。但是原因不是父母想把我培養成一個紳士，而是家裏太擠，我想有個角落安靜唸書。

2. 你有古董和傳家寶。我從 2001 年開始買古董並日常使用。我媽從我記事兒起就開始往家裏拿各種破爛，她說這一屋子破爛都是傳家寶，很擔心她離開地球之後，我和我哥、我姐，因為分配不均，打起來，傷了和氣。

3. 你有酒窖。我有。

4. 你有祖輩的油畫。我有。我媽找樓下的中央美院學生給她免費畫了一個。我質問她為甚麼佔人家便宜，她說她沒有，她送了人家兩本我的簽名書。

5. 你是私人俱樂部會員。協和醫學院校友會算嗎？

6. 你從不談錢。我談價值。

7. 你成年以後也叫父母「老爸」、「老媽」。是的，不然叫啥？

8. 你有族徽。我拿青田石仿趙之謙筆意刻了一個小佛，尖頂帽子、袍子、七瓣蓮花座，當作微信頭像，算不？

9. 你騎馬。我不。我騎過，摔下來過，然後再也沒騎過。

10. 你舉辦過晚餐會。我曾經經常，工作的一部份。

11. 你會用刀叉。我會，但是更愛用筷子。

12. 你有園丁。我媽算嗎？

13. 你管晚飯叫「Supper」。我不。

14. 你有銀餐具。我還真有。

15. 你用紙信呼朋喚友。我不，我用微信招呼，儘管我每週寫三次毛筆字。

16. 你有家譜。我媽堅稱她祖上是孝莊皇后，算嗎？她還號稱她祖上是跳大神兒的，馬仙，在蒙東和遼西有一號，算嗎？

17. 你會打槍。我還真會，在正規陸軍學院得過百米半自動步槍慢射優秀（五發子彈四十九環）。

18. 你滑雪。我不。我滑過，第一次就摔了，就沒第二次了。

19. 你穿花格呢子夾克。我不。我還真沒有。

20. 你管所有人叫「Darling（親）」。我管所有陌生人都稱「您」。

21. 你玩槌球。我不。我都不知道槌球是甚麼。我玩過彈球。

22. 你問「您在哪兒上學？」我基本不。我怕別人覺得我在顯擺自己的學校。

23. 你管香檳叫「Champers」。我不。我叫「汽水」。

24. 你管廁所叫「the loo」。我不。我叫「茅房」。

25. 你開路虎衛士。我不。我能不開車就不開車，甚麼車也不開。

26. 你穿舊的 Barbour 衣服。我不。我沒聽過這個牌子。

27. 你懂拉丁文。我不，除了極少數生物學和醫學名詞。我懂古漢語。

28. 你有很多裝滿書的書架。我有。

29. 你吃鷓鴣和松雞。我吃。我更常吃鹵煮。

30. 你用姓稱呼朋友。我不。我按他們想被稱呼的名字稱呼他們。

31. 你擅長八卦。我不。但是我愛聽。

32. 你有雙姓。我沒。但是我有個筆名。

33. 你愛板球。我不。

34. 你穿馬甲。我穿，常穿。我也叫它背心兒。寫着寫着就冷了，這時候，添個背心兒正好。

35. 你喜歡橄欖球而不是足球。我不。我更喜歡足球，當過守門員。

36. 你說「Napkin」而不是「Serviette」。是的。

37. 你大笑。我不。

38. 你有一個 Aga 牌烤箱。我有。

39. 你喝散裝茶而不是茶包。是的。

40. 你穿長筒雨靴。是的。

完美是多麼無趣的一件事啊

我怕簇新的、完美的一切：盛開的花，很小很小的貓，第一次使用的手機，最初的愛情。

我很早就注意到，我應該是有挺嚴重的劃痕症。

我怕簇新的、完美的一切：盛開的花，剛開瓶的香檳，才從商場拎回來的衣服，滿月，新車，很小很小的貓，第一次使用的手機，最初的愛情。我知道，盛開的花很快會呈現敗相，剛開的香檳很快會喝完，新衣服會髒會被磨，滿月馬上會缺，新車馬上被劃，小小貓很快會失去呆萌開始叫春，新手機馬上被摔，愛情因愛生怨因緣生恨。

往人性的深裏挖掘，怕簇新的、完美的一切，是怕失去，是希望美好的事情永恆，是貪得無厭。我最開始的自我心理建設是躲避：不看盛開的花，買兩瓶香檳之後再開一瓶，盡量少買新衣服，假設滿月不存在，延長換車周期或者索性買舊車，不養小貓，手機帶套，盡量不開始新的愛情。

後來，我發現，時間是我們的朋友，適應和忘記是人類大腦減少傷害的機制。一個像我一樣的寫作者比較難以忘記，但是寫作者也是人類，也會忘記，也會把一些刻骨銘心的時光清除出日常記憶、壓進夢境，忘記了那朵花、那場醉、那眼滿月、那段愛情。衣服可以扔掉，車可以保養，手機可以常換。

再後來，我意識到，接受甚至欣賞失去和不完美是某種接近終極的修煉，就在內心開始修煉起來：「留得殘荷聽雨聲」，殘花敗柳完勝花紅柳綠；「衣上征塵雜酒痕，遠遊無處不消魂」，衣服上的破損就是時間的痕跡和閱世的見識；香檳喝完，愛情傷癒結疤，運氣好的話，會有詩留下來。

於是，我的人生和修為正式進入了手機不帶套的階段。不帶套的時間久了，飛鳥飛過，天空沒有翅膀的印跡，我竊以為我已經自行治癒了劃痕症。

七月底參加香港書展，住在會展中心附近的酒店。早起，我打開窗，發現會展中心靠海那邊修了多年的路終於通了！香港一個偉大之處在於公共設施，比如它能把從上環到中環到灣仔臨海最黃金的位置全部建成公共設施，一條沿海的跑步徑幾乎不被車輛打擾地在城市最中心蜿蜒5公里，開放給所有市民和遊客。這樣的鬧市中心海傍長廊，在我所知的世界範圍內，我沒見過第二個例子。

興奮之餘，我不顧沒帶跑鞋，拿膠底便鞋勉強湊合，換好短打扮，想去跑個香港港島海邊最美十公里。新通的海傍路上有層薄薄的細沙，我稍稍適應後，覺得問題不大，就提起了速度，貼地低空飛行。剛飛起來，鞋底一滑，肉身就飛出去了。飛行失敗，右膝蓋、右肘和磚石地面摩擦，大學畢業二十多年之後，我第一次重新體會甚麼是血肉橫飛。

我爬起來之後，第一反應是看左手上的古玉鐲子碎沒碎，「沒碎」，然後感覺一下肉身，骨頭應該沒斷，再看，血從右膝蓋和右肘關節汩汩而出，不可斷絕。有四個警察路過，其中一個非常和善地問我：「你要不要紙巾？」我看了看周圍，不遠處就是政府大樓，我怕警察同志以為我是鬧事暴徒，馬上回答：「我只是跑步不小心摔了，我酒店就在附近，我回去處理一下就好。」

警察同志稍稍走遠之後，我開始往回一瘸一拐走向酒店。我感覺到血還在右上肢和下肢在流，我沒工夫搭理，我的注意力全在左手的古玉鐲子上，陽光下，細細看，還是新添了一處小磕。鐲子五千年前是個良渚單節素面玉琮，一千年前的宋代在素面上添了十二個篆字，兩年前從一個台灣老藏家手裏到了我手裏，如今貼地飛行失敗，在一側添了一處小磕。

我一邊暗暗反覆撫摸着這處小磕，似乎小磕處有血流出，一邊拼命做心理建設：「好幸運啊，這個玉鐲為你擋了一災。沒事啦。就算是日常使用的必然耗損啦。沒事啦，天地皆殘，何況物乎？零落殘缺是更高級的侘寂之美，彷彿殘荷。完美是多麼無趣啊，多麼無聊啊！此磕是我給這支玉鐲留下的我的個體痕跡，made my mark。萬物皆有裂隙，那是光照進來的地方。如果之後還是看着彆扭，就去金繕。」

想着想着，我忽然意識到，我的劃痕症完全談不上痊癒。劃痕症尚如此，心性上更大的那些毛病呢？「書到今生讀已遲」，或許，對於心性的修行也一樣。呵呵。

多幾回色空來去，少一些痛苦糾結

沒娶到朝思暮想的校花，或許才是老天更好的安排。

佛說，人有八苦：生苦、老苦、病苦、死苦、愛別離苦、怨憎會苦、求不得苦、五蘊熾盛苦。

生而為人，每種苦都不好受。對於我，前七種還稍好些，第八種，躲無可躲，解無可解。

生而為人，買的是一張單程票，生老病死，誰都逃不掉，誰都無法回頭，所以只好認命。我最擔心的是圓寂技術掌握得不熟練，死的時候太痛，但是我認識好幾個麻醉科的小姐姐，她們應該能在我死前的關鍵時刻幫到我。

愛離別，也還好，每年，北京最美的海棠花在清明前後開放，花期也就是兩週，然後就隨風雨零落，極其喜愛的其他事物、其他人，也一樣。

怨憎會，更容易處理些，不見就是了，不巧遇見，扭頭就走。

求不得，就不求了。沒娶到朝思暮想的校花，或許才是老天更好的安排，不經受柴米油鹽醬醋茶的摧殘，幻象還在，內心的腫脹一直美滋滋地持續到生命盡頭。

五蘊熾盛，眼耳鼻舌身意，種種色，醒着，雨就一直下着，睡了，雨也下進夢裏，一直下着，先是聽見雨打樹葉，聲音愈來愈響，後來就聽見月光打樹葉，聲音愈來愈響。

女色，雨色，雪色，天色，夜色，色色嘹亮。好處是，寫文章有用不完的細節，壞處是，真苦啊，「似此星辰非昨夜，為誰風露立中宵？」

高考時我報了醫學院，學了婦產科。我的初心是，科學地、生老病死地見了很多女色，我就能對女色不感興趣了吧？我就能脫離女色之苦了吧？我如果連女色之苦都能脫離，其他五蘊熾盛的苦也就容易脫離了吧？

我學了八年醫，我的初心沒能得逞。

海明威說：寫完就完了（When it is written, it is gone）。我嘗試了另外一種脫離五蘊熾盛的方式，我開始寫小說，正面面對女色以及其他種種色。寫到第六部長篇小說的時候，活到四十五歲的時候，我發現，寫小說的確有效果，我沒苦死，沒瘋掉，也沒在塵世做出太多喪盡天良的事兒。我又發現，寫小說不能化解全部五蘊熾盛的苦，遠遠不能，寫毛筆字和塗鴉卻能化解相當一部份剩下的五蘊熾盛苦。

我不確定為甚麼。

或許肉身裏的五蘊熾盛苦流出筆尖、落在紙面，肉身就空了，或許落在紙面上，這些五蘊熾盛自己就空了，彷彿落花、墜葉、垂目。墨走如長髮，但是，不是長髮，墨停如眉眼，但是不是眉眼。

色空，空色，心上，紙上，如來，如去，多幾回色空來去，少一些痛苦糾結。

（本文為馮唐書道展《色空》序言）

做點小事，不得大病

得精神病的男子多數想幹大事，得精神病的女子多數都想被愛。

年年難過年年過，和前四十年相比，2021 年似乎特別難。我學醫的時候，也學過《精神病學》，儘管學得非常粗糙，而且人類對於《精神病學》的理解本來就非常初級，但是我還記得一個總體靠譜的結論：得精神病的男子多數想幹大事，得精神病的女子多數都想被愛。2021 年成事不容易，我身邊有人去了監獄，有人去了醫院，有人去了八寶山，更多人抑鬱了，這些人中的個別人太想做大事、太想被愛，在這一年裏，真得了精神病。

我從小「為中華之崛起而讀書」，長大「以國為懷」，朝乾夕惕，殺伐戰取，一直實操實練屠龍技術，太想幹大事。2021 年又不是做大事的年份。我為了避免得精神病，轉個角度做了一點我一個人能做的小事，祛精神病的效果不錯。現總結如下：

1. 獲得食物的能力大幅提升，自己能給自己餵飽了，偶爾還能做出點小美味來。上學的時候，我的胃長在食堂大師傅手上。工作以後，一半的飯是飛機餐，一半的飯是商務宴請。今年我先學會了煮餃子，後來又發現了微波爐快速食品，600 瓦兩分鐘之後就能吃上的神奇米飯，秒殺街上幾乎百分之百中餐廳和日餐廳的米飯，600 瓦一分鐘三十秒之後就能吃上的神奇漢堡，不輸多個國家麥當勞和肯德基的漢堡。再後來，朋友送了我一款自動無煙燒烤機，中國廣東東莞產的，深黑科技，我在瞬間成為了倫敦特拉法加廣場方圓五里的烤串天王。最後值得一提的是，我從百達翡麗的經典廣告中領悟到，善待好東西的最好方式就是多用它們，我啟用了我一直不捨得用的宋代建窰缽，缽體稍稍失圓，但是總體完整。這個缽的能量真是大啊，自從我啟用它之後，我不用開口乞食，也經常被人投餵，至今為止，這個缽裏被投過餃子、包子、蘿蔔絲軟餅、醬牛肉、糟雞翅、蒜泥涼粉、鹵雞舌、薺菜魚丸。

2. 形成了輕斷食的習慣，體重保持在 62 公斤左右，BMI 保持在 19 以下。我和我哥哥吹噓，令很多人難以堅持的輕斷食對我而言輕而易舉。我哥哥說，你別吹了，那全是因為你小時候沒甚麼吃的，你餓習慣了。

3. 幾乎天天睡到自然醒。我用的睡眠監測 APP 經常給我滿分一百分。每一個好覺兒都是一劑最好的補藥，我曾經蒼白的鼻毛基本都變黑了。

4. 堅持每週去公園跑兩次，每次跑 10 公里。人間草木四時皆美，我每次跑過大團大團的草木，聞到它們的味道，我都覺得賺到。

5. 重新開始系統讀書。辦了兩張大圖書館的卡，入庫讀書，如入仙境。看完了內心腫脹，總想表達，開了一個「馮唐講書」的微信小程序，讀經典，平視世界，一週講一本經典，一年五十二本。

6. 去周圍的大博物館閒逛，終於有了時間看非中國館的其他館藏。中華文明燦爛，但是地球上還有其他燦爛的文明，美啊，人間值得。

7. 涉獵《周易》和星相學等東、西方玄學。和我媽吹噓，「這些玄學也在試圖預知未知，部份彌補了西方麥肯錫管理方法和東方歷史管理智慧的不足」。我媽沉默了半晌，說，我以前沒和你說，怕你又說我吹牛，我的薩滿神功已經傳了不知道多少代了，傳女不傳男，你姐姐死活不想學，我在考慮違背祖訓，傳給你。

8. 我重新開始生活。有一天，我收到一個好朋友的微信，問我：「你第一次沒了全職工作，不在大平台操練屠龍術，你感到無聊和空虛嗎？」我正在津津有味地讀着一張在街上自取的免費報紙，脖子上掛着家門鑰匙，我想起我上次掛家門鑰匙、讀報紙已經是三十年前。我回微信：

「這一年，我一點也沒煩。」我在街上看甚麼都覺得新鮮，我想到的原因是，我大學畢業參加工作後就沒正經生活過，每三天飛一次、換一個城市不是生活。

9. 我讓至少兩個深度抑鬱的朋友擺脫了抑鬱。用的方法很簡單，就是讓他們看到，這個世界上有比他們慘太多的人，有比他們壞賬更多的人跳樓了，有比他們負擔更重的人進了 ICU。

10. 我學會了垃圾分類管理。家務活兒分工，我負責垃圾管理。我摸清楚了街上的道道兒，依照當地政府規定，白色透明垃圾袋裝可回收垃圾，每週三上午九點前拿出去，會有垃圾車來收；黑色或白色不透明垃圾袋裝生活垃圾，每週一到週五上午九點前拿出去，會有垃圾車來收；逢年過節，給垃圾車師傅一個紅包，他會很開心。

11. 嘗試直播，嘗試直播帶自己的書和課程，效果一般。我不是郭德綱，我也不是羅永浩，我沒有甚麼口頭表達的天賦。但是我不會放棄噠，迎難而上，糟踐自己，我明年會在微信視頻號上開一個定期欄目，每週直播一次。

在平順的年景，我默唸順境九字真言：**不着急，不害怕，不要臉**。在困難的年景，我默唸逆境十字真言：**看腳下，不斷行，莫存順逆**。

新年，我來啦。

能出門工作是一件多麼美好的事兒啊

艱難時刻，多喝水、多睡覺、多讀書。

從三年前開始，我逐漸形成了一個習慣，每年 1 月中旬去美國加州灣區參加 JP 摩根組織的全球醫療大會。這個會持續四天，每年都在舊金山聯合廣場的 Westin 酒店。每年都有好幾千人在這個酒店裏擠來擠去，每年都有好幾萬人在酒店周邊的酒店或者寫字樓裏開衛星會議。每年這個時候舊金山的酒店房價都比平時貴三到五倍但還是一房難求、飯點兒一席難求，這個大會一票難求。每年 Westin 酒店會場的格式類似：八、九個分會場同時進行，每個公司的 CEO（如果 CEO 出現滑雪摔斷腿、嫖娼被抓等等意外，CFO 來）講 20 分鐘公司最新進展，然後去旁邊小會議室問答 10 分鐘，不想聽問答的參會者就用這 10 分鐘轉場去他們感興趣的下一場。參加這個會的好處是，用四天的時間，把全世界醫療健康各個領域的新進展都聽個皮毛，把醫療健康各個領域裏想見的人都集中見了。有人不誇張地說，如果這幾天有個大炸彈在 Westin 酒店爆了，全球醫療停擺或者亂擺幾個月。

在舊金山這個會議期間，我遇上的熟人比在北京、上海、香港任何一個時間遇上的都多。年歲大了，倒時差愈來愈艱難，我常用的參會方式是：不住會場附近，住伯克利山，睡不着就早起，步行下山，到伯克利市中心坐城市快軌到舊金山市中心，不堵車也不用換車，下了快軌走一百米就到會場；上午挑自己最感興趣的場次聽，和上醫學院時候一樣，擠到最前排，難得有機會自己只是閒聽而不用發言，那就認真聽，還認真記筆記，還用保溫杯泡豬仔洞肉桂（福建岩茶），一邊喝着，一邊聽大 CEO 們吹牛逼；下午實在困了，撐不住，聽也是白聽，在那些大 CEO 眼皮底下呼呼大睡也不太禮貌，就坐城市快軌再回到伯克利山上，睡一會兒；到了晚飯，和在會場約好的熟人在伯克利山上的住處隨便吃一點，認真喝一點，仔細聊聊。今生我基本沒做過飯，JP 摩根醫療大會期間，一頓晚飯我最多招待過三十人。反正誰也不缺口吃的，我只準備一大盆沙拉、幾盤冷肉和幾張披薩大餅，其他吃的和酒水自帶，面對金門大橋和夕陽，升起篝火，聊聊不變的生老病死、最新的生命和數字科技、最近的八卦，大家似乎都挺開心。送客的時候，我越發堅定，我還是喜歡飲酒、救命、寫作、探索似乎善惡難分黑暗多過光明的人性。

舊金山市區除了貴和擠之外，我對流浪漢有些恐懼。聽說，他們當中很大比例是自己選擇了浪跡街頭，不要家，不要歸家。他們對於世界的怨氣有時會撒在他們遇見的路人身上。JP 摩根醫療大會期間，Westin 酒店太憋屈，我偶爾出來街上透透氣，聯合廣場附近好多流浪漢，黑人流浪漢罵路過的白人，白人流浪漢罵路過的黑人，黃流浪漢罵路過的所有人，除了罵之外，偶爾也隔空打拳、踢腿、吐吐沫，我心裏想，這麼多不同人類一起生活在地球上真不容易。住在伯克利山上，似乎更安全些，聽說，流浪漢都懶，不往高的地方蹓躂。而且，我喜歡走路上下山，身體裏倒着時差，腦袋裏沒有必須要想的事兒，耳朵裏沒有耳機、沒有電話會，頭上明月，兩腋清風，走過伯克利大學教授們的小房子和房子之間的樹木，行山，行山，人在山，就是仙。

開完 2020 年的 JP 摩根醫療大會，我還在總結要點：基因、大數據、醫療 AI、醫療訂製、無穿戴設備下的生物信息採取、癌症藥物繼續繁盛、神經領域藥物興起，就在手機裏看到了武漢新冠狀病毒的爆發：湧出很多病人、確認人傳人、武漢封城（對於這麼大的城市，人類歷史的首次）、武漢周邊封城、三十個省份罕見地同時啟動重大突發公共衛生事件一級響應、十餘個省市延遲至正月十六復工、數十個國家採取了對中國人的入境管制措施。

我還是按原計劃從舊金山飛回北京，在北京還有自己的好些醫院、眾多患者、幾千人的團隊，有些人生下來就不是為了躲死的，只要不封城，只要還讓進，就回去。

飛機上乘客不多，所有乘客都戴着口罩。我這輩子飛了 200 多萬公里，第一次看到所有空乘全程戴口罩。飛機降落首都機場 T3，T3 在 2008 年建成以後，是我去過最多的一個公共建築，我從來沒見過 T3 裏只有這麼少的人。機場高速冷清，很快開到自己的小區，小區保安戴着口罩，攔住所有快遞，所有快遞不讓進小區了，也攔住了我，看我拉着拉桿箱，「借問客從何處來？」我說，不是武漢，不是湖北，我不發燒。保安接着問，「借問客從何處來？」我說，舊金山。保安接着問，舊金山國際機場的代碼是？我說，SFO。保安看了一眼我拉桿箱上托運標籤，讓我進小區了。

倒時差，睡不着，面對疫情，想到很多：

「佛觀一杯水，八萬四千蟲。」人類似乎是萬物之靈，其實，依舊脆弱。人類群居，不易，長期面對大千世界和自己的慾望，不易。不能期待人人成佛，成不了佛的人似乎也沒有甚麼特別好的生存方式，至少踐行中庸吧，不走極端，不要喪心病狂、上天下地找食材，特別是動物。

艱難時刻，多喝水、多睡覺、多讀書，稍稍不適時吃最簡單的 VC，提高自身免疫力，少去人多的地方（特別是封閉空間），出門記得戴口罩（不要臉），回家記得先洗手、多洗手。這些最基本的，往往也是最管用。

第一次在春節期間就有了這一年的年度詞：2020 年年度詞，宅。疫情當前，宅在家裏，哪兒都不去。儘管有諸多不便，但是至少可以減少病毒感染概率以及深刻體會能出門工作是一件多麼美好的事兒啊！

時差大致倒過來之後，對於我這種連續睡兩天懶覺就深感內疚的人來說，不能出門工作真是煎熬。於是，我想起了薄伽丘。既然屋外瘟疫橫行，既然只能宅在家裏，既然不能放手讓世界變得更美好，那就寫個新十日談吧。

開頭我想好了，如下——

在一群騙子和一群傻子組成的社會體系裏，千萬不要試圖喚醒傻子和指責騙子，否則這兩種人會合夥弄死你。2020 年 1 月，農曆庚子年到來之前，在中國發生了一件有史以來從沒發生過的事情。

在下半生過下一生

現實往往比最瘋狂的遙想還瘋狂，現實才是真正的超現實。

現在地球上最通用的日曆是公曆，公曆最重要的一條分界線是公元前和公元後。例如，描述中華文明，我們的說法是起始於公元前三千年左右，綿延不絕到今天，上下一共五千年。西方世界窄義定義文明，要有三大要素：出現大型城市、系統使用文字、普遍使用金屬工具。按這三大要素，西方世界總體否認「夏」的存在（現在沒有任何證明夏這個民族 / 國家 / 聚落存在的確鑿證據），他們定義的中華文明從商代開始算，上下一共四千年左右。

在公曆這條分界線兩千零二十年之後，出現了另外一條重要的分界線：疫情前和疫情後。如果把 2020 年定為新冠元年，2019 年就是新冠前第一年，2021 年就是新冠後第一年。在新冠後第一年第一個月的最後一天，我沒有全職工作了。按照窄義定義，從這一天起，我退休了。

人似乎從很小的時候就開始遙想人生中一些大事：比如，長大做甚麼工作養活自己，初戀的胸大不大，人生第一次陰陽大圓滿那天會不會下大雨；比如，會娶一個甚麼樣的老婆，父母用甚麼方式離開地球，自己用甚麼方式離開地球，比如，如何退休，如何適應退休生活。

如果拿之後出現的現實對比當初的遙想，現實往往比最瘋狂的遙想還瘋狂，現實才是真正的超現實。

二十年前，我三十歲，寫過一篇文章〈在三十歲遙想四十歲退休〉。十年後，我四十歲，三十歲的遙想沒能實現，我沒能退休，反而幹得更起勁兒了。二十年後，我五十歲，因為疫情和其他原因，我以一種我完全沒有遙想到的方式退休了。我找出原來那篇舊文，用真實退休後的心境，對比觀照一下。

——在信箱裏看到我最新的國航里程報告，瞥見消費總里程，76 萬公里，嚇了我一跳。八年前加入這個常旅客計劃，之前沒坐過飛機，當時看到手冊裏提及，累積 100 萬公里就是終身白金卡，想，要甚麼樣的衰人才能飛這麼多啊，女的飛到了，一定絕經，男的飛到了，一定陽痿。八年過去，三十多歲，我看着印刷着的「76 萬」，開始暢想四十歲退休。

如今我五十歲，飛出了兩個終身白金卡，我一點沒覺得這是一件很牛逼的事，我覺得這是一件很苦逼的事。新冠元年以後，航空公司是最苦的苦主兒，三天飛一次的人也會少很多。

——退休後，五六身西裝都送小區保安，二十來條領帶和黑襪子捆個墩布，幾個 PDA、手機和黑莓跟我外甥換他的 PSP 和 NDS，固定電話也不裝，只保留一個小區寬帶，MSN 每次都隱身登錄。誰要找我，來門口敲門。

因為疫情，各個小區保安的地位都提高了，在街道居委會的領導下成為社會管理的毛細血管，西裝和額溫槍成為標配，不需要我送了。我把九成新以上的西裝和領帶都轉送給了年輕小夥伴兒們，以後必須穿西裝才能去的場合，我就不去了。PSP 和 NDS 如今都被智能手機整合了，作為電郵神器的黑莓隨着電郵的式微也基本消失了，而 MSN 徹底沒人用了。

——退休後，第一，睡覺。睡到陽光掀眼皮，枕頭埋頭，再睡半天兒。

愈老愈發現，人生第一件要緊事是睡覺，不是指性交，而是指自己睡覺，能睡好覺兒的人，身體不會差。儘管長生天給我了各種磨難，但是它給了我非常好的睡眠。如今不用早起了，睡到自然醒，身心泡在如水的夜色裏，嗞嗞響地自我恢復，每天醒後都覺得宛如重生，左腕上的智能手錶顯示睡眠得分基本在九十分以上。感謝長生天。如果我能想明白長生天是如何讓我睡得好的，我就寫本《禪和睡眠修理指南》。

——**第二，寫書**。過去碼字和大小便一樣，都要抓空檔兒，不顧禮法，不理章法，脫了褲子，劈頭就說。反覆被別人提意見，節奏感太差，文字太擠，大小不分，一樣濃稠。現在，有了便意就去蹲着，一邊蹲着一邊看王安石和古龍，等待，起性，感覺來了，只管自己，不管別人，只管肥沃大地，不管救贖靈魂。

我已經寫了七個長篇小說，還欠長生天三個長篇小說。我肚子裏已經有了五個長篇的胚胎，我想把它們都帶到人間。我不確定再過十年，我還有現在的睡眠恢復能力和好心力，時間並沒有我想像中那麼富裕，我還是得抓緊了。

——**第三，唸書**。高中的相好，女兒都那麼大了，手是不能再摸了，高中唸的《史記》和《西京雜記》，還可以再看吧。

百戰歸來再讀書。「世間數百年舊家無非積德，天下第一件好事還是讀書。」說來也巧，在《馮唐成事心法》之後，蜻蜓 FM 請我做的第二門課就是《馮唐講書》，一週講一本經典，講五十週。第一本定了，講《紅樓夢》。三十五年之後，重讀《紅樓夢》，最大的唏噓是，我不再是十五歲少年的仰視視角了，《紅樓夢》依舊是本偉大的小說，但是絕不是遙不可及。

——第四，修門冷僻的學問。比如甲骨文，比如商周玉，比如禪師的性生活史。

在我四十歲之前，禪師的性生活史已經被我寫進了《不二》。如今，我還是着迷中文，還是堅定地認為中文是地球上最美麗的語言。中文裏充滿人生智慧，其表現方式在所有地球文字裏，獨一無二，比如，「若不撇開終為苦，各能按住則成名」。學習甲骨文要排到日程上，另外，摹寫《經石峪金剛經》也要排到日程上。

——第五， 開個舊書店。劉白羽《紅瑪瑙集》的第一版和凱魯亞克《在路上》的第一版一起賣，葉醫生的明式家具圖譜和傑西卡·羅森（Jessica Rawson）關於玉的書一起賣。夏天要涼快，冬天要暖和。最好生個蜂窩煤爐子，爐子裏烤紅薯，上面烤包子，吃不了的，也賣。

算了，開書店這個事兒就讓別人去幹吧。新冠後，線下實體店更難做了，需要更強力的少年心血。

——第六，和老流氓們泡在一起。從下午三點到早上三點，從 2012 到 2022，從九十後到 2000 後，姑娘們像超市裏的瓜果梨桃，每天都是新的，老流氓們慈祥地笑笑，皺紋泛起漣漪，連上洗手間的想法都沒有。

算了，這件事已經不現實了。我最愛的老流氓們，有的已經離開了地球，有的中風或者心梗、已經不能自己在地球上自由行走了，有的已經對於酒色毫無興趣了，「一個人一生的酒色是個定數，年輕時消耗得多，年紀大了，就成為一個純粹的對社會無害的人了。」我們這一代 2G 少年，流氓在古網時代，如今的月色和酒色，留給如今的 5G 少年們吧。

——第七，陪父母。老爸老媽忽然就七十多了，儘管我閉上眼睛，想起來的還是他們四五十歲時候的樣子。我去買個錄音筆，能錄八小時的那種，放在我老媽面前，和老媽白嘴兒分喝兩瓶紅酒（心臟病青光眼之後，白酒就不勸她喝了），問她，甚麼是幸福啊？你相信來生嗎？這輩子活着是為了甚麼啊？慫恿她，我姐又換相好了是不是腦子短路了？我哥每天都睡到中午一天一頓飯是不是都是你從小培養的啊？我爸最近常去街道組織的「棋牌樂」，總說贏錢，總說馬上就被譽為垂楊柳西區賭神了，你信嗎？我老媽眼睛會放出淡紅色的光芒，嘴角泛起細碎的泡沫，一定能罵滿一支錄音筆，罵滿兩個紅酒橡木桶，原文照發就是納博科夫的《說吧，記憶》。文字上曾經崇拜過的王朔、王小波、周樹人、周作人，或者已經不是高山，或者很快不是高山，但是司馬遷還是高山，我老媽還是高山，兩個渾圓而巨大的睪丸，高山仰止。老爸如果沒去「棋牌樂」，這時候飯菜該做好了，乾炸帶魚的味道閃過廚房門縫，暖暖地瀰漫整個屋子。

我們這一代 2G 少年是幸運的，趕上中國有史以來發展最快的時代，我們幸運中最大的不幸就是過度工作了，過少陪家人了。如今，我不用全職工作了，我也陪不了老爸了。老爸五年前離開地球了。作為補償，我第七篇長篇小說寫老爸，《我爸認識所有的魚》，十五萬字，就算我遠遊回來，一邊看他做魚，一邊和他聊了個長天兒。老媽還在地球上盤旋，我立下一個志願，在她離開之前寫完關於她的長篇，《我媽罵過所有的街》。

我老哥和老姐問我：「你退休後靠甚麼生活啊？錢夠花嗎？」

「夠花。不夠就少花點。」我說。

其實，新冠前三十年，我一邊工作，一邊把我這個書生煉成了一把屠龍刀。新冠後第一年，我退休了，最大的挑戰似乎是如何這把屠龍刀煉回成一個書生，忘掉如何戰略規劃、如何將管理業務組合、如何率領千軍萬馬，忘掉如何做估值模型和盡職調查，學會如何煮熟一鍋餃子、如何泡香一壺茶。「得志則行天下，不得志則獨善其身」，這兩句，沒一句容易，退休之後，第二句變得更難。

很快，我調整了心態，羅馬不是一天建成的，書生也不是一天變成屠龍刀的，屠龍刀也不可能一天變成書生。前半生有幸參與屠龍，逐鹿中原，那後半生就懷着文心拿屠龍刀雕蟲吧，把一個人活成書桌上的千軍萬馬。

對於我，最好的退休方式或許就是不退、不休，在下半生過下一生。

關於「女神病」的醫學淺析

一個女性一生要多付出多少：為某個渣男淚流不止，為某個後代母愛氾濫。

在現實世界裏，古往今來，七大洲四大洋，神，真神，是極少的。絕大多數貌似神的，其實是神經，大神經。這些神經，有些是真神經，他們的神經之處，他們並不自知；有些是假神經，裝真神，裝特異功能、中醫和仁波切，目的大多是騙取功名利祿。推衍開來，女神，真女神，也是極少的。絕大多數貌似女神的，有些是會自拍和磨皮修圖的，有些是會化妝和弄頭髮的，有些是會營造氛圍的，有些是酒力驚人的，有些是靠知識和經歷唬人的。需要指出的是，和貌似男神不同的是，貌似女神們的主要訴求不是騙取功名利祿，而是要自己爽，要活在自己的夢裏。

與之形成悲劇對比的是，那些寥若晨星的真正的女神，妲己、鄭袖、西施、趙飛燕、楊貴妃、陳圓圓、董小宛、蘇小小，從來沒有夢。她們降臨到人間，就是尤物，就是洪水猛獸，就是天災級的人禍，就是殺戮的根本原因，就是燃起熄滅不了的慾望的火。她們不由自主地破壞或者誘發破壞，沒有多過一夜的夢，只有夢碎。

近些年遇到一些女性，總是持續地讓我產生不適感而不是我習慣的讚美慾。幾杯岩茶之後，一輪明月當空，我認真檢點我自己，是不是內心妒忌。真不是。到了我這個年紀，對於男性我都只剩了羨慕，如果他們事業暢達，我羨慕他們能使出力氣，我希望他們能讓世界美好一點、多美好一點、持續美好一點。對於女性，就更是這樣。作為一個前婦科大夫，我深知一個女性在一生裏要比男性多付出多少：每月隨着潮汐血流不止，每年為某個渣男淚流不止，每十年為某個後代母愛氾濫。

對於這些讓人產生不適感的女性，我總結了一下共性：她們都真的以為自己是真的女神，遺憾的是，其實她們很可能只是得了女神病。

臨牀表現：看她們肉身，聽她們講話，看她們的朋友圈，常見她們穿很少的衣服。自拍，胖的時候穿無腰白裙拍靈修和禪定，不胖的時候穿泳衣拍泳池邊和水下；修圖，再大的頭也是九頭身，皮膚上沒有任何歲月的痕跡。花前月下，擁抱莫名其妙的東西，幾百年的松柏和昨天出生的狗，莫名其妙地悲憫，儘管最近幾天悲憫的事物彼此三觀迥異；嘴裏冒出很多最近最火的名字，以及前幾十年各個品類裏最恆久的名字。他們都是來看她的，最多的目的是探討人生之短和人間之苦，她一盞茶、一捧花、一杯酒、一席話之後，他們都釋懷了，「仰天大笑出門去，我輩豈是蓬蒿人」。她們隨手也做一些事情，這些事兒都很偉大，不是第一就是唯一就是最，這個世界已經爛到根兒了，必須來拯救，必須女神我來拯救，女神我來了。這個世界如果沒被當成孫子一樣被變來變去就算女神我沒有神力，一時不順是時候沒到，一個人不認可是他深深地埋藏了他的愛。她們興致來了也寫些長些的文字，一類是至柔，純女神視角，百分之九十九都是光和鹽，每個不起舞的日子都是對生命的辜負，另一類是至剛，純學術，開創往聖力所不及的領域，開宗立派，上帝視角，宇宙精神。

病因和發病機理：和其他神經症類似，女神病有一部份是由於社會心理因素所致，一部份卻無明確的因素，故其發病原因和機理眾說紛紜。比如，童年。這些人在童年時或許有些低概率事件發生在她們身上，比如，她們走近湖水的時候，一條魚偏巧死了，沉向湖底，大雁飛累了，落下來休息，花被風殘了，月被雲閉了。繼而，她們這種神聖感被壓抑下去了，到成年之後在某種條件下又被喚起，這個時候，又不自信，又不服輸，就激活了童年某個低概率瞬間。比如，遺傳。這些人多數有個奇葩的母親或者父親或者雙親，如果她們偏巧有個同卵雙生的姐妹，姐妹同病率是 41%。

診斷要點：慢性女神病，症狀至少持續兩年，急性發作，近一個月內至少三次發作，不是舞台中心就發作。排除軀體疾病和其他精神病伴發的女神病症狀。診斷的核心是：針對她的能力、作品、事功，眾多他人的評估比她自評低了很多。

治療方式：沒甚麼特別的好辦法。多看看經典，看的時候，摒卻自我，體會一下先賢文字留到今天的道理。偶爾仰望星空，明白一個事實：以宇宙為尺度，我們所有人類都是塵埃。

或者索性不治，小範圍找些認定你就是真女神的人，讓他們「但坐觀羅敷」。

如果我是院長

人類可以簡單分為三類，女人、男人和醫院院長。

在醫療界，有個關於人類分類學的梗兒：人類可以簡單分為三類，女人、男人和醫院院長。

如果我是院長，那麼，我就成為了一種獨特的物種和存在：我是官員又不是官員，我是專家又不是專家，我是醫生又不是醫生，我是生意人又不是生意人，我是管理者又不是管理者。

如果我是院長，那麼我就是「奴隸主」。從某種意義上講，所有醫生都是我的奴隸，是我的生產資料，是我的個人財富，至少在我當院長期間。

如果我是院長，我絕不會給醫生任何自由。在我任職期間，他們應該始終在我的領地為我服務。甚麼多點執業，必須用各種正式和非正式的方式扼殺掉。我為甚麼要鼓勵這種自由？所有得到的好處都是醫生的，所有惹出的麻煩都是我的。但是，我沒有任何好處，我為甚麼幹呢？

如果我是院長，我的醫生們必須夜以繼日地工作，一天一百個門診，沒有休息，沒有節假日。這一切都是為了一個崇高的目的，這一切都是為了人民的健康，這是一個神聖的事業，這是一個偉大的修行。每個醫生都是雷鋒，每個醫生都必須奉獻，奉獻了青春再奉獻終身，奉獻了終身再奉獻兒孫。只有醫生的精力被壓榨乾淨之後，他們才沒有精力意識到他們正在被壓榨。

如果我是院長，我一定給醫生最低的工資。這樣，他們多多少少都會拿些黑錢和紅包。從嚴格意義上講，他們每個人都是罪犯。我手握他們的把柄，誰不老實，我就抓誰。

如果我是院長，我必然輕賤醫生的生命。他們在沒有絲毫安全感的狀態下活着，一個醫鬧就能輕取他們的性命。他們長年生活在恐懼中，除了為我幹活，沒有勇氣想任何其他事情。

如果我是院長，我一定不能讓醫院盈利。醫院一旦盈利，我的財政補貼就可能減少。我舉雙手雙腳支持藥品零加成。

如果我是院長，我一定會有幾個藥廠、經銷商、醫療器械公司、醫療耗材公司的好朋友。我認識他們很多年了，他們都是非常聰明和可靠的人，任憑國家政策怎麼變，他們總能想出照顧我的安全的辦法。

如果我是院長，我會盡全力照顧好各種領導。似乎有很多領導管着我，似乎能管我的領導太多了，反而沒有一個領導真能管到我了。我當院長時間長了，領導也是人，也有親戚朋友，誰都可能生病，所以這些領導對我都很客氣。

如果我是院長，我會拼命花錢，蓋大樓，添病牀，醫院的規模愈大愈好。如果我建成了宇宙第一大醫院，我就是宇宙第一大院長。

如果我是院長，我絕對支持六十五歲退休，最好七十五歲、八十五歲退休。人類平均壽命一百二十歲指日可待，我要為了人民健康盡量發揮光和熱。這樣，我就可以長久地做奴隸主，愈做愈爽。

以上的文字嚴重使用了一種修辭方式：反諷。

我不是醫院院長，即使我是醫院院長，我首先還是一個人，內心還有作為人類與生俱來的對善良、正義和美好的堅守，即使我能那麼幹，我不會那麼幹。

如果我真是院長，我會真的把病人的福祉和滿意度放在第一位。古往今來，古今中外，醫療從來就不是也不該是一個單純的只是追逐利益的生意，救人一命，勝造七級浮屠，解除或者緩解其他人類的病痛，福得多。我會讓醫生們盡量以醫療質量和患者滿意度作為首要指標，我會立一條規定，醫生讓任何一個患者離開之前，一定要問最後一個問題：「你還有甚麼問題問我嗎？」

如果我真是院長，我會把醫生的福祉和滿意度放在我的利益之前。基於醫院的資源，我會盡量給他們成長所必需的醫、教、研環境。我會鼓勵他們多點執業，盡可能給他們自由，讓他們能夠在風險可控的前提下獲得社會財富，過上體面的生活，可以請女朋友或者男朋友看場熱門的電影而不是只能看星星。

如果我真是院長，我會積極擁抱管理技術，將已經非常成熟的企業管理技術引入醫院，績效管理、財務管理、營銷管理、運營流程優化等等，不必動任何人的奶酪，全面提升醫院效率。

如果我真是院長，我會積極擁抱互聯網技術、人工智能和大數據。即使在現在的體制機制下，不必動任何人的奶酪，這些 IT 相關的技術還是能夠讓病人、醫生、甚至社保更加滿意，世界更加美好。

如果我真是院長，我會在我力所能及的範圍內，不停歇地宣傳和實踐我的醫療理想：有質量、有服務、有規模的醫療，哪怕在現在的中國。

馮唐錦囊 4

持續輸出的能量

持續輸出的能量管理，就是我要睡好覺，我要吃飽飯，然後我要幹活，這樣一個基本狀態能維持很久很久。我說的幹活包括讀書、寫書、做事。

我在職場經常看到比我年輕二十多歲的人一星期請兩天病假，並不是說生病有問題，而是說人對身體、精神、情緒狀態的能量管理有問題。

如果一個人、一件事給我特別大的負能量，只要我試過一兩次，我就不碰了，哪怕這人再有錢、再有名，再有甚麼可能性，都跟我沒關係了。世界上有幾類人、幾類事，一類就是損人利己，一種是利人利己，一種是利人損己，一種是損人不利己。損人不利己，為甚麼有人要幹？其實也是人性的弱點。損人利己的事不要幹，損人利己的人不要理，你就會省出太多的精力，省去之後，世界豁然開朗。

能量對我來說是更重要的幫助，我來這個世界就是要做更多事情的。

（根據直播整理）

馮唐錦囊 5

慾望永遠得不到滿足，因為美無止境

慾望不是「想要」。想要的東西都是簡單的東西，一個包包或者一個房子，有錢就可以買到，並且可以立刻買到。

慾望不是「本能」，人的本能，吃喝拉撒做愛等等，是生理性的、動物性的，可以立刻滿足的，困來即眠飢來即食，沒有難度。

有難度的是慾望，要吃美食，要愛美色，要賞美景，要成就美名，要佔領大美河山。這個「要」來源於內心，它像春藥，迫使你勃起，像鞭子，驅打你追逐，去競爭，最後，像錘子，讓你幻滅。

慾望永遠得不到滿足，因為美無止境。在我看來，所謂封頂或上線，是一個行為的概念，「發乎情止乎禮」，要流氓要合法。可以喜歡姑娘，喜歡無數姑娘，不能性騷擾；可以喜歡珠寶，喜歡無數珠寶，不能去搶劫。

慾望都是難完成的。容易完成的不是慾望，是項目。慾望是一個連續體——你喜歡一個姑娘，上牀不是得到，不是滿足了慾望，而僅僅是一個新節點的開始，是一條漫長河流的開始。上了牀就結束，是渣男，不是慾望。

不同的年齡段，面對的是不同的慾望，處理的也是不同的慾望。年輕時，慾望多多益善，生命充滿活力，紅眼赤脖，要去和全世界戰鬥，去搶。

中年後，要學會做減法，把自己的慾望排排坐，甚麼是首要的，甚麼是次要的，甚麼是可以不要的等等。最關鍵的，是要區別開舊的慾望和新的慾望。舊的慾望，該放就放，該結項就結項。新的慾望，奮起直追，集中精力、握緊拳頭、集中作戰。這就是所謂的「中年變法」。生命力旺盛的人，還有「衰年變法」。

（答《新世相》採訪）

馮唐錦囊 6

愛情和歲數無關，和體能有關

對愛情的不同看法，和歲數無關，和體能有關。

十六歲時眼中心中的愛情，和二十歲時眼中心中的愛情，有差別。前者是朦朧的，衝動的，時刻備戰中的；後者是燦爛的，激情的，沉溺的。

但二十歲和四十歲，看愛情實際上沒有差別。二十歲和六十歲，也許有差別，也許沒差別。關鍵不在於心，而在於肉，肉在心在愛就在，肉鬆軟了，心就疲憊了，愛就沒有了。

（答《TOPYS 頂尖文案》採訪）

現在的人不談論愛情，也許就是意識到了，可以談論的愛情，都是悲傷的。愛，要體驗，要做，要持續體驗，持續做，要在愛之中，一直在。當它結束的時候，我們可以隱藏它，把它變成深海裏的「我」；我們也可以談論它，它不再是「我」，而是一個他者。卡佛說：「所有這些，所有這些我們談論的愛情，只不過是一種記憶罷了。甚至可能連記憶都不是。」

另外一方面，我想說：愛就是愛，只是愛。不是房子、車子、品德是否高尚、是否門當戶對、是否有上進心等等。房子、車子、品德、上進心，是婚姻需要考慮的。固然，有的愛會走上婚姻，但愛本身不是婚姻。愛上就愛上，愛過就愛過，不要想太多。解放思想，才能去愛。

（答《ELLE MEN》採訪）

馮唐錦囊 7

要做自己的甲方、愛的甲方

我很理解獨處的人、不想戀愛的人。

以前是一個慢時代，一封信在路上走一個月，王寶釧苦守寒窰十八年，男鸚鵡要在女鸚鵡面前跳八圈胡旋舞。現在是一個快時代，外賣小哥在城市裏穿梭，快遞耽擱一天就投訴，戀愛中的人十分鐘不回微信就想爆粗口。

在快時代裏，其實人挺累的，每個人都在奔跑，好像在趕最後一班地鐵，外賣小哥累，快遞員累，戀愛中的人和不戀愛的人都累。下了班，走出寫字樓，回家刷個劇打個遊戲，對着小鮮肉發發花痴，簡單又快樂——其實，這種簡單又快樂，都是奢移。

大家想一想，你的微信裏有多少個工作群？每天有多少條信息是十八點之後發的？仔細策劃一場約會，順利無礙地完成一場約會，從牽手到上牀到步入婚姻，這中間要關掉多少次手機？

如果不能關掉手機，那就換一種方式去戀愛。元宇宙已經來了，我想，用不了多少時間，就可以在元宇宙裏約會了。

但是，我好想補充一句，在愛情中，約會、求愛，並不是必須的階段。遇到有感覺的人，跳過這個階段也無妨。愛是有多種形式的，也是有多種發生的可能性的，不要拘泥，不要受限，不要把自己變成等待方、乙方。要做自己的甲方、愛的甲方，打開大腦，打開身體，一步到牀，快樂未央。減少空牀期，人人有責。

最近一兩年，「普信男」這個詞大行其道，貶義，我倒覺着，女性應該加強自己的自信，尤其在男女交往、親密關係中，要主動，不要被動，要做甲方，不要做乙方，要進攻，不要等待。不怕愛錯，只怕不做。一生漫長，誰不會遇見幾個渣男，這都是經驗值，打怪才能升級。迪斯尼的公主都已經主動出擊去抓王子了，如果等待，王子就被女妖怪截糊了。

（答《ELLE MEN》採訪

攝影：Kuba Ryniewicz ，《Tatler 尚流》

第三章

放一放，更自在

心力就是一顆心，活潑潑。

活潑潑的心，胎生帶來，清淨無垢。後天要養，小心翼翼。

大千世界，五色五音，盡情耍，不迷失，不作惡事，不染塵垢，不生貪嗔痴。身歷百千劫，還是一顆活潑潑的心。人間美好。

十五分鐘生活圈原則

儘管可以宅在元宇宙裏，但人還是社會的動物，要有臭味相投的人可以線下交流。

因為新冠疫情，我和其他地球人一樣，在過去兩年半，多多少少處於一種「宅」的狀態。我查了一下自己的飛行記錄，疫情之前的二十年，平均每三天飛一次，無論節假日。自己的事情自己做，我總是用自己的右手拎自己的箱子。我坐飛機第一次託運行李，行李就丟了，造成了心理陰影，以後一直堅持飛行不託運行李，一直拎着行李，從住處到飛機上，從飛機上到酒店。時間長了，拎行李的右胳膊比左胳膊粗一圈，右手掌指關節處老繭橫生。疫情之後的兩年半，基本在倫敦宅着，讀書、寫書、寫毛筆字、喝酒、喝茶、喝風、跑步、發呆、泡澡。如今看我的右手，掌指關節處的老繭已經淡到肉眼不可見，食指遠端關節處倒是新生了一個老繭，那是握毛筆握得太多太久太狠的結果。

根據我對於微信朋友圈的觀察，新冠兩年半，激發了很多人的烹飪潛能，宅出了數以百計的廚神，我都學會用微波爐和烤箱啦，再加上快遞系統已經正常運轉，

ZOOM、騰訊會議、GOOGLE MEET、微軟 TEAMS 等等遠程會議辦公軟件繁盛，不出門也不用買甚麼新衣服，似乎宅就可以解決「衣食住行」等所有人生重大問題。

但是，全宅，大門不出，二門不邁，太長時間，似乎還是不行。地球人的基因編碼裏，還有人性，還是需要見見人，三五好友，對酒吹牛，看到對方翕張的鼻孔和揮舞的雙手；還有獸性，還是需要清風朗月，看看花，到四季裏走走；還有神性，還是需要仰望星空，面朝大海，天空和大海一無所有但是還是給人安慰，想想人類應該往何處去、該如何走。哪怕元宇宙加速興盛，人在可預見的未來還是主宰和尺度，儘管可以宅在元宇宙裏，人還是需要偶爾自由出門，在周圍蹓躂蹓躂。

宅外第一步，地球人需要多大的半徑？我慢跑十五分鐘，3 公里，我快走十五分鐘，兩公里。半小時來回，是我喜歡的一個時間長度，對於我這個地球人，兩、三公里的半徑就是我十五分鐘可達的生活圈。

對於我來說，這個十五分鐘生活圈裏，要有書店，最好是舊書店，最好不是一家舊書店而是舊書店一條街。我逛逛，翻翻，買幾本，一個上午「出溜」就過去了，帶着幾斤書、一身書香和轆轆飢腸蹓躂回去。在一手書店裏看新書的時候，我總是帶着懷疑的眼神，似乎它們還沒有經過時間的嚴格考驗。舊書店裏的書，特別是被之前主人認真圈點過的書，讓我有種信任感。我買書是為了閱讀，所以我很少買收藏級別的古董書，品相好的二手書最好，我可以毫無心理壓力，買回去上手再圈點一遍，偶爾還可以參考一下前主人的批註，神交古人。

這個十五分鐘生活圈裏，要有圖書館，或者大學，或者圖書館和大學。有些書需要買，有些書翻翻就好，宅的地方也沒有太多空間可以無限制買書，所以對於我，圖書館還是必要的。我心目中的好圖書館，最好是免費的、書多的、英文或者中文為主的（我只能流利閱讀這兩種語言）、可以入庫翻書的、可以把書借走的、有些好玩的讀書室的、有窗子和陽光的、冬暖夏涼不冷不熱的。如果好事兒不能集中到一處，那就把「免費」去掉，為了坐擁書城，我願意每年交些年費。

這個十五分鐘生活圈裏，要有大博物館，或者大美術館，或者大博物館和大美術館。與古為徒，神交古人，經常在那些大博物館裏亂轉、耳濡目染那些幸存至今的藏品是最便捷的方式。美人遙遙，美物悅目，經常在那些大美術館裏對着名畫發呆，在美學薰陶上，應該和少年時代坐在馬路牙子上對着街上飄過的美女發呆有類似的功效吧。三、四十歲，一半以上的中飯是在飛機上吃的，五、六十歲，如果一半以上的中飯是在國家美術館的草坪上吃的，也算是一種對自己的補償吧。

這個十五分鐘生活圈裏，要有大公園。隨着人長大，能讓人開心的事兒愈來愈少，去公園慢跑和快走算是剩下來為數不多的一個。如果大公園足夠近，買花的錢都能省下了，每週慢跑三次，每次 10 公里，可以看着一樹樹的花從花苞腫脹到落花如雪下。

這個十五分鐘生活圈裏，要有小館子。儘管酒可能有萬般不好，但是酒能讓人快樂，特別是讓成年人快樂。如果用最簡單粗暴的方式判斷一個小館子的好壞，我就看我想不想坐下來喝一杯。如果用最簡單粗暴的方式判斷一個十五分鐘生活圈的好壞，甚至一個城市的好壞，我就看這樣的小館子多不多。

最後，也可能最重要的，這個十五分鐘生活圈裏，要有人，好玩兒的人，好看的人，又好玩兒又好看的人。說到底，人還是社會的動物，還是要有臭味相投的人可以線下交流。否則，一桿進洞，四下無人，一瓶 1989 年的奧比昂，一人獨飲，醉後不知在天在水，滿船清夢壓星河。最好，在這十五分鐘生活圈裏，彼此能串門，不用預約，菜出鍋前聯繫，「在不在？來不來？有酒有菜。」菜出鍋時，人已經進門了。酒高了，簡單說：「你倆接着喝，我高了，先看書睡了。」

這個十五分鐘生活圈，聽上去像是一個不錯的下半生生活圈。

放一放，更自在

閉一陣門之後想的還是手機和是非，讀一陣書之後想的還是手機和成敗。

在骨子裏，我原來一直深深不理解休假這件事。真正喜歡做的工作就像小時候的玩耍、學生時代的電子遊戲，儘管有不如意處，但是總體是一件讓人身心愉悅的事兒，為甚麼要休假？「開疆拓土，攻城略地，殺伐戰取，千萬人中取上將首級」，不是男生最愛幹和最該幹的事兒嗎？如果累了，沖個澡、睡一覺兒，不就好了嗎？為甚麼要休假？休假去個陌生的地方，水土不服，語言半通不通，沒有合適的吃喝嫖賭，沒有好玩的朋友，為甚麼要休假？埋首任事，幾十年如一日，每日工作十六個小時，死了土埋，無需再醒，如此一生不是也挺好？為甚麼要休假？

所以，就算是佛系的禪宗，也有百丈懷海提出百丈清規，「一日不作，一日不食」。所以，大學畢業之後，就該天天工作，日天日地日空氣，一日不日，一日沒臉吃東西。從常識看，這種說法也成立，如果你在可以勞作的時候不勞作，你有甚麼生存的理由？世界為甚麼讓你生存？如果你不勞作，不和世界產生赤裸裸的買賣關係，你的一切就沒了最基礎的真實。你媽餵你或者抽你是因為她愛你，但是你不勞作、不和世界發生赤裸裸的買賣關係，你就沒有了價值。從這個角度觀照，一個組織和一個國家的健康程度也取決於其中多少比例的人在真實地勞作，很難想像一個很少人幹活兒、很多人全職搬弄是非混吃等死的組織或者國家能夠一直偉大。

如果做的不是喜歡的工作怎麼辦？如果找不到你喜歡的工作，那就好好喜歡你能找到的你最喜歡的工作，然後積累資歷、等待時機，跳槽，在人世間做你真正喜歡做的工作。即使你在做你不喜歡的工作，休假也不能讓你更喜歡你的工作，休假也不能讓你積累你跳槽需要的資歷，為甚麼要休假？

後來，在不惑和知天命的年紀之間，我漸漸意識到，休假是必需的，極短暫的逃開是必要的，一年當中，找個地方，發發呆，是天賦人權和肉身剛需。肉身非我有的，俗人在成佛之前都不是佛，沒有非佛的肉身能持久地真誠地把世間的是非成敗當成電子遊戲，隨時拿起、放下。即使在智識上知道，「閉門即是深山，讀書隨處淨土」，閉一陣門之後想的還是手機和是非，讀一陣書之後想的還是手機和成敗。

1990 年到 1998 年，我在北京協和醫學院唸書，總被身邊的協和精神和協和老教授鼓舞和摧殘。老教授總是反覆強調，「如臨深淵，如履薄冰」，病人無小事，小事也能致命，總是反覆強調，「吃得苦中苦，方為人上人」，在醫療智慧和技能上，強調熬過極苦方得正果，不接受任何低於最頂級的標準。少年時代見識短，以為身邊的世間就是世間，以為協和老教授這套三觀就是最該從一而終的三觀。畢業二十年之後的某一天，我忽然發現，一輩子的盛時似乎很快就要過完了，一輩子如果天天「如臨深淵，如履薄冰」，臨死那一刻得多糟心啊！當我意識到這一點之後，我進一步發現了另一個殘忍的事實：我徹底失去放鬆的能力了。

所以我需要一個完美的發呆處。

我被領到北海道，從札幌新千歲機場坐車兩個小時，來到一個小旅店，手機鎖在保險箱裏，呆了三天。總結適合我的完美發呆處的特點：

人少。小旅店一共十五間房，估計住客多數還是有追求、想折騰的人，可能睡醒了就出去見識世界去了。我偶爾走出房間，在旅店裏轉悠，很少碰見甚麼人。

事少。如果你不喜歡滑雪，在冬天，小旅店附近被大雪覆蓋，方圓十里真沒甚麼可玩兒的。小旅店裏除了十五間客房，只有餐廳、客廳、書房、茶台、吧台、吸煙室，沒有健身房，也沒有遊戲室，書房也沒有幾本書。

自然。屋子裏的落地窗外就是小山、雜樹、每天不斷的新鮮的不同明暗的雪。兩處溫泉池，完全不過濾，細看見泥，屋子裏一處，屋外房檐兒一處。最愛房檐兒那處，溫泉池外一尺就是雪，風起時一池的上空都是雪，一瓶香檳放在池邊高處，溫泉不及，十分鐘後，香檳在風雪裏，溫度低到適飲。公共酒吧和客廳的窗外都是毫無遮擋的雪景，有真酒，有火爐，火爐裏有真木頭在燃燒。

簡素。小旅店在天地之間、在雪裏、在山林裏，配色都是泥土、樹林、積雪、山丘、陰天的顏色，用的各種東西也是一樣的配色，土味審美一土到底，在我有限的認知裏，是最接近宋代建窰配色和審美的現代存在。

三天發呆期間，我清楚記得我還有一個電話會要開，而且給了我一個日本當地電話號碼可以撥入。我仔細研究了房間配備的電話，沒有找到撥當地號碼的方式。我打電話問前台，前台說：「您是對的，房間裏的電話只能和旅店前台通話，不能撥打任何當地號碼。」

我想起保險箱裏的手機，想，要不要把它拿出來。

一地兩人三餐
四季五行六善

最好的地方，是能讓普通人從容地走着就能享受生活的地方。

以前，儘管我到倫敦開過好幾次會，也飛到倫敦然後坐火車去牛津或劍橋做演講，卻沒在倫敦城裏呆過一天以上。我印象中的倫敦，總停留在讀過的狄更斯小說裏，陰冷、陳舊、難吃、困守孤島、無可奈何。

這次，機緣巧合，竟然有了一週假（至少可以遠程工作），心裏覺得需要一個遙遠的物理距離，扯脫開和國內諸多瑣事的千萬重聯繫，於是想到倫敦，飛過去，餵餵鴿子，餵餵自己，跑跑步，泡泡博物館，就是肉身胴體的魂飛天外。如此下來，一週後發現，常識就是常識，「倉廩實知禮節」，如今世界第一經濟體是美國，一百多年前的世界第一經濟體是英國，倫敦是英國的首都，現代制度的發源地，舊富的翹楚，果然有舊富的寶光和味道。

我睡覺的地方是個老區活化項目，房間很新、很小，但是小區裏的公共區域很大、功能很全，除了共用的游泳池，第一層裏有：健身房、客廳、餐廳、會議室、書房，二十四小時開着。下了樓，隔了一個小池塘就是美國大使館，二十四小時有人拿着挺大的槍走來走去，給人很安全的幻覺，再往北，隔了一條不寬的馬路，就是一條寬大的泰晤士河。往西沿着河跑一點 5 公里，一個大公園，跑一圈，5 公里，見到了不同顏色的櫻花、溫帶植物園、很多奔跑的娃和一個日本佛教徒捐的倡導和平的塔，往東沿着河跑 1.5 公里，過了軍情六處，就是倫敦眼，對面是威斯敏斯特大教堂，跑過遊客群，橋下有 South Bank 舊書攤。往北，過了河，就是 Tate 博物館，有咖啡館，咖啡難喝，但是院子很美，有餐廳，紅酒的選擇和狀態都很讚，四壁壁畫，空白處是窗戶，窗外草木連天。往北，再暴走或慢跑一段，就是 BBR 酒商的老店、雅典娜俱樂部、《王牌特工》的西裝店和女皇的帽商、樂高旗艦店、Harold Pinter 劇場。在暴走和慢跑中，多數人類遵守規則，多數街道乾淨，多數地方，人能相對從容、車能基本讓人，沒有電動車不遵守紅綠燈逆行，沒人看着手機過馬路。

小爐焚點兒香，看會兒書，困了，一睡，一屎，一洗，一茶，去樓下 Waitrose 隨便買口吃的，暴走慢跑去幾公里外的 Hedone，和幾個臨時拼湊的朋友一起喝一頓沒有議題的慢慢的大酒，回房，再看會兒書，再睡。

飽睡之後，看着陽光緩慢移動，想，人的基本需求其實不多，如果需要找一個地方呆，如何選擇？十多年前，寫過一篇類似的文章〈擇一城而終老〉，那時候年輕，好奇，愛湊熱鬧，最怕無聊，選擇標準的第一維度中只有一個：一個地方的豐富度，歷史長短、空間多態、密集程度、人類奇葩有多少等等。如今年近半百、一事無成，在牀上賴着，重新思考這個問題，看到一份二零一八年 Resonance 評價世界城市的調查報告。評價標準的第一維度有六個 P：地（Place），空氣、飲水、四季、植被、公園、犯罪率、山川景色、戶外活動等等；城（Product），大學、醫院、廟宇、機場 / 鐵路 / 地鐵 / 遊輪、博物館、展覽館、寫字樓的數量和質量；計（Programming），藝術活動、文化活動、美食美酒、購物、賭博、夜生活等等；人（People），移民比例、多樣性、外國常住人口比例等等；富（Prosperity），就業機會、企業總部數目、失業率、人均 GDP、財富五百強企業數目；舌（Promotion），歷史、傳說、被新舊媒體和口碑推薦。按這個標準，綜合評價，倫敦第一，中國城市沒有一個進入前十，北京是世界上最富的城市，儘管綜合排名是二十四位。

愈老，倒時差愈是個問題。我賴不住牀了，翻滾起來，跳出這些繁複的城市評價指標體系，如果只用一個標準評價一個人呆的地方，對於我來說，就是能不能自由地暴走慢跑，能不能只靠暴走慢跑就能過上有樣兒的生活。

說到底，最好的地方，是一個能讓普通人從容地走着就能享受生活的地方。

帶甚麼去遠方？

北京已經不是你想來就能來的地方了。

2020 年上半年新冠疫情爆發之後，關於世界貿易、國際關係、商業模式、社會常態等等，各種機構和人對於未來有各種看法，但是大家有兩點共識：第一，儘管新冠疫情未來的發展和管控不可精確預估，但是二十一世紀真的是生物醫學的世紀（我在二十世紀最後十年學生物和醫學的時候，教授們也這樣鼓勵我們，二十一世紀是生物醫學的世紀。但是他們根本想不到，這個判斷的真實意義）；第二，全球化注定要大幅度逆轉，全球蹓躂者們不得不在地球上選定一個地方常呆，那些在東半球工作掙錢、在西半球生活花錢、心情不好打個「飛的」去倫敦特拉法加廣場餵個鴿子，再回北京三里屯雪崴天婦羅吃個商務午餐的好日子一去不復返了；第三，大規模人群密集聚集會被大規模限制，以後大會、大電影、大型運動會、大型演唱會、大型廟會等等會愈來愈少了。

2020 年 6 月 12 日，北京新發地農貿市場發現多個新冠確診病例。6 月 15 日，北京進入「戰時狀態」。我去蜻蜓 FM 講完《馮唐成事心法》，回到小區，戴着口罩，被門口把守的居委會工作人員攔住詢問：「我們剛才去您家入戶調查了，您最近去新發地農貿市場和京深海鮮市場了嗎？」

我回答：「沒有，都沒，我這輩子都沒去過北京的農貿市場。」

2020 年 6 月 17 日，飛出北京的航班大面積取消，任何人出北京，要求出具七天之內新冠病毒核酸檢測陰性的報告。我忽然意識到，那首詩描述的是對的：

北京已經不是你想來就能來的地方了

已經不是你想走就能走的地方了

而我，也不是你想見就能見到的人了

北京新冠疫情反覆之下，我認可大家的兩點共識和出入北京的困難，在如此的全球新冠疫情下，我也知道一動不如一靜，但是我的確需要儘快去趟歐洲，不是為了去倫敦特拉法加廣場餵個鴿子，是推不掉、省不了、必須去。

我 1998 年之前沒坐過飛機，2000 年 MBA 畢業參加工作後沒有連續兩週沒有飛過，2017 年把散在世界各地的書和雜物運回北京。我看着堆在房子裏的幾百個紙箱子，筋疲力竭，心中暗想，我年近半百啦，愛怎麼着就怎麼着吧，再也不折騰了，哪怕天上掉炸彈或是掉炸彈大小的冰雹，哪怕冬雷震震夏雨雪，我落葉歸根，陪着我老媽在故鄉北京廣渠門外垂楊柳終老。

在北京新冠疫情反覆下收拾行李箱準備出京，我腦子裏突然出現一個念頭：終極想像，我沒想到二十一世紀如此因為新冠疫情成為了生物醫療的世紀，無常是常，或許我這次出京遠行，可能再也回不來了，彷彿蘇東坡被貶儋州（今海南島），餘生再也回不了故鄉眉州或者東京（今開封）和西京（今洛陽）。

如果這次去遠方真的再也回不了故鄉，如果只能帶一個登機箱，我把甚麼裝到箱子裏帶走？

缽：又當茶盞，又當飯碗，難怪神秀和慧能要往死了爭衣缽，缽的確好用又根本，怎麼着也要吃喝啊。

衣：帶一件有夾層、能防雨的，冷暖陰晴都是它了。反正衣櫥帶不走，不換啦，天天穿着它。其實，換衣服也沒人看，換衣服都是為了滿足自己內心的需求。帶兩套速乾的跑步服，不佔地方，倒時差的時候、吃喝嫖賭抽都不方便的時候、全身發緊的時候，跑步能救命。

鞋：穿雙防水的靴子，帶雙跑步鞋。

按摩球：疫情期間，天涯海角，喪跑之後，狂寫之後，自己按摩自己吧。單球就可以了，有面牆靠着就能用單球給自己胴體放鬆。

書：我本來想過，一本書都不帶，以後看雲、看星空、看內心就夠了。轉念一想，不行，我在寫我第三個三部曲，完成第一部《我爸認識所有的魚》，還是需要隨身帶三本紙書作為主要參考書，其中一本是《20 世紀中國大事年表（1900-1988）》。Kindle 還是帶上吧，萬一因為新冠疫情在某處被強制隔離十四天或是一百四十天，有了 Kindle，我就不會悶。

筆墨紙硯：帶一支使了十五年的萬寶龍墨水筆，最大的特點是路上不漏水，帶一個筆記本，用墨水筆在筆記本上記筍記幾乎是半輩子的習慣了。帶三支小毛筆、一塊小墨、一疊半尺箋紙、一方名片大小的宋代端硯、一個白玉紙鎮（兼當筆架山），萬一有機會放穩一張書桌，手癢，心亂，抄抄鳩摩羅什翻譯的經書。

iPAD：帶外接鍵盤。寫長篇還得靠它。

唸珠：帶一串吧，萬一有親朋好友需要我唸經相助呢？

碎玉：兩個扳指，偶爾戴戴，省得手覺得太空洞。一塊高古玉手把件，手摸着踏實。

耳機：頭戴式半封閉的，開電話會用，還可以找個角落錄音頻課，繼續錄《馮唐成事心法》，繼續當我的函授大學馮教授。

茶：帶一餅老點的生普和兩盒岩茶。

口罩：帶三個。Adidas 最近出了一種，黑色的，跑步和走路都可以戴，可以反覆洗、多次戴。

U 盾和 U 盤：躲不開，難免要用到銀行和過去的一些資料。

身份證件：不帶就更走不了了。

錢：除了信用卡和借記卡之外，帶一點點現金吧。

盥洗包：裏面必須有的是指甲剪、鼻毛剪、剃鬚刀、雲南白藥牙膏、牙刷、一小瓶最近開始喜歡的無極烏龍香水。

手機：當然，當然。在現代社會，似乎左手和右手都可以不帶，手機不能不帶。

當然，當然，為了裝下這些東西，還需要一個可以依靠的四輪登機箱，為了和墨水筆匹配，我從儲藏室拿了一隻萬寶龍的 MY4810。

選一個豐富的城市多花時間

太容易的事兒做起來沒甚麼意思，我一直喜歡迎難而上。

寫「恨北京的N個理由」要比寫「愛北京的N個理由」容易得多。太容易的事兒做起來沒甚麼意思，人生過半，人生這一半，我一直喜歡迎難而上。

《北京三部曲》第一部《萬物生長》初版於2001年，第二部《十八歲給我一個姑娘》初版於2003年，第三部《北京，北京》初版於2007年。這部半自傳體三部曲描述了1985年到2000年改革開放初期的北京，描述了一個男生從十五歲處男到三十歲而立的成長過程，一部長篇，五年時光，整個三部曲，十五年時光，從甚麼都不懂、到懵懂、再到似乎甚麼都懂。之前的漢語裏，似乎沒有這樣寫北京的長篇小說三部曲，也似乎沒有這樣寫男生初長成的長篇小說三部曲，之後的漢語裏，也難。

儘管《十八歲給我一個姑娘》描述的時間段在《萬物生長》之前，但是《萬物生長》是《北京三部曲》裏最先寫的。當時樸素的想法是：打蛇打七寸，寫就寫男生發育期最刻骨和最銘心。寫完之後，內心腫脹消除，然後集中精力做國家棟樑和社會擔當，和文學說再見，別的棟樑和擔當如何吃喝嫖賭抽、坑蒙拐騙偷，我就如何吃喝嫖賭抽、坑蒙拐騙偷。但是，《萬物生長》初版之後，發現內心腫脹硬硬地還在，所以不得不寫了懵懂的前傳《十八歲給我一個姑娘》和裝懂的後傳《北京，北京》。

從寫《萬物生長》到現在，二十年過去了，這個《北京三部曲》還一直在賣，《萬物生長》改編成了大電影，2015 年公映，《北京，北京》改編成為《春風十里不如你》，在優酷首播，第一部嚴格意義上的「先網後台」超級劇集，《十八歲給我一個姑娘》改編成為《給我一個十八歲》，在優酷獨播。如今，春風每年還是都十里，但是寫書的人和書裏的人都已經年近半百，男生着急的已經抱孫子了，女生着急的已經絕經了，更着急的男女已經去另外的世界了。

2019 年 12 月 9 日晚上，我們過去十來個同事和 Peter Walker 在北京吃飯。Peter 是世界級保險業專家，在麥肯錫全職工作了四十六年，時間之長，前無古人，估計也後無來者。Peter 寫了一本關於中美關係的書，強調改革開放以來中國取得的成就，強調：2020 年之後十年、二十年、三十年、甚至四十年，人類最重要的關係是中美關係；美國和中國是不同的，但是一樣偉大（Powerful、Different、

Equal）；美國從歐洲體系中產生，看到歐洲體系的大問題，階層完全固化、平權難於登天，再加上國家地大物博、周邊沒有任何巨大外患，所以統治制度的設計原則就是小政府、低效政府、個體自由高於一切；中國是百代皆行秦政治，個體微不足道，百來個家族管理一個龐大的疆域和人口，最底層可以通過造反實現利益洗牌和階級重塑，不停輪迴，沒有涅槃。

我一邊聽，一邊想：我有質量的人間生存也就是下一個半百，在地球上，我應該選擇哪個城市多花時間？

想來想去，儘管北京有北京的諸多可恨之處，我還是想在北京多花時間。

我愛北京，因為有很多事情在北京當下發生。恩恩怨怨、吵吵鬧鬧、打打停停。這麼大的政府，這麼龐大的疆域和人口，這麼複雜的人性，風雨一爐，滿地江湖，停車坐愛，停杯坐忘，「似此星辰非昨夜，為誰風露立中宵？」

我愛北京，因為北京這塊地方。北京有分明的四季。冬天冷得爽，空氣是脆脆的、紮紮的，剛一出門，冷到頭皮一緊、肛門一緊。春天鬧得瘋，忽然就花開滿樹、柳絮亂飛，躁得不行，熱得不行，風的確很大，風衣也的確沒用，從暖到能穿，到熱得不能穿，就是一週的時間。夏天漫長，但是夏夜很清涼，可以漫長地喝低度涼啤酒、看星星、看姑娘。秋天就美死了，天藍得、高得比拉薩還藍還高，樹葉子紅得比花還紅，而且這一切超級短，短到如一本好小說的後半部、一瓶好酒的後半瓶、一把好乳的後半生。北京有豐富到詭異的地貌和歷史。延慶和懷柔有塞北，頤和園西堤有江南，北大、清華有波士頓，後海有元代碼頭的盡頭和烤肉，天壇有新石器時代，東單三條協和醫院有孫中山的病歷，東單公園有竹林七賢手拉手一起走，三里屯北街有上海，CBD 有曼哈頓，南城有張作霖的火車站和偶爾的北朝鮮，紫禁城乾清宮裏面有宇宙中心。

我愛北京，因為我最在乎的人幾乎都在北京。我生在廣渠門外垂楊柳，我姥姥死在廣渠門外垂楊柳，我奶奶也死在廣渠門外垂楊柳，我現在還住在廣渠門外垂楊柳，我和我老媽非常可能也死在廣渠門外垂楊柳。皇太極從廣渠門打入北京城，清興。八國聯軍從廣渠門打入北京城，清亡。

我從廣渠門往南、往西、往北、往東、再往南，蜿蜒舊時護城河和城牆遺址，跑個一圈，再折回龍潭湖公園裏的袁崇煥廟拜一拜，大概一個全程馬拉松。

長跑過程中，我想想自身和人類，有點想不通。

是為序。

（本文為江蘇鳳凰文藝出版社 2021 年版《北京三部曲》序）

野有茶，吃茶去

人類也可以是草木禽獸：像花一樣決定全開還是墜落，像小熊一樣滾來滾去。

有人問高僧：「如何是佛祖西來意？」

某個老和尚在某個剎那回答：「吃茶去。」

為甚麼要問「西來意」？想知道脫離無邊苦海的快船是甚麼、在哪裏、如何買船票、在船上都有甚麼注意事項。

那麼，老和尚為甚麼回答說「吃茶去」？

我在倫敦住處附近逛悠，在一個街角看到一個露天的花店，面積挺大，綠綠地一片，店裏花不多，頂着不同形狀葉子的綠色植物很多，花盆的土裏插着標籤，標明花的名字，另外還有一條含義豐富而模糊的話。

其中一張標籤紙上是這麼寫的：「如果你不忙，每天去野地裏蹓躂十五分鐘。如果你很忙，每天去野地裏蹓躂一個小時。」

常有人問我：「馮老師，您的小說和詩歌都寫的啥啊？您說您欠老天十本長篇小說，有那麼多要說的話嗎？您不是在麥肯錫呆了很久嗎？歸納總結能力應該很強才對啊！」

多數時候，我在現場有急智，能馬上回答很多問題，顯得很聰明。但是這個問題，屬我很難回答的極少數問題之一。

如果我能簡單總結並直接回答這個問題，我為甚麼要黃卷青燈、皓首窮經、腰肌勞損地寫那麼多文字呢？我心裏暗道：「你以為我傻啊？」

「我寫的是人性。」我深吸一口氣，回答。

人家接着問：「馮老師，人性是啥啊？」

這個問題，我思考過，我想我能回答：「我心目中的人性就是殘存獸性＋狹義人性＋縹緲神性。人類從禽獸進化而來，殘存的獸性其實並不少，而且長期被壓抑、被忽視。狹義人性就是吃喝嫖賭抽、坑蒙拐騙偷、打瞎子、罵啞巴、見利忘義、貪財好色、那些非常油膩但是又極其合理的東西。神性就是那些不能用理性解釋的、似乎違反肉身基因編碼的、雖千萬人吾往矣的東西。」

一邊回答，我一邊在想：這些年，我們人性中狹義人性的成份愈來愈重，糾結、糾纏、盤算、安排、計較、權衡，所以在二零一七年夏天出現了一篇我們都心有戚戚焉的文章〈如何避免成為一個油膩的中年猥瑣男〉。

狹義的人性不完整，狹義的人間不值得，怎麼美好地喚醒人性中的獸性和神性？

老和尚說：喝茶去。

一個人，不多於兩個人，喝茶去。放下手機，放下辦公室，放下賬本，放下情事，放下家事，喝茶去。

一個人，一盞茶，一塊天空，一晌貪歡。世間草木皆美，茶也是草木，我們人類也可以是草木禽獸：像花一樣半開在你面前，像小熊一樣滾到你身邊。然後，像花一樣決定是全開還是墜落，像小熊一樣反覆在你面前滾來滾去。

孩子敢於做，
而成人往往做不到的是：
不給萬物命名、很快忘記、不在乎受傷。

如果還喚不醒肉身裏的獸性和神性怎麼辦？喝野茶去。

每次拖着箱子，
離開酒店的房間，
覺得又死了一次。

在任何一株植物、一朵花、一片雲裏體現的智慧，都遠遠超乎你我今生的智慧。每棵植物、每朵花都是億萬年的進化結晶，每片雲、每陣雨都是無數力量平衡之後的結果。在花裏，在野裏，喝杯茶，不拜君王只拜花。

還喚不醒？喝野僧茶去。

佛，亻，弗，佛不是人。僧，亻，曾，僧曾是人。你我都是人，一切就皆有可能。

為了把你帶到唇間，燃燒了
多少片海、多少隻船？
有茶真好，野有茶。

（本文為馮唐書畫展《野有茶》序言）

一花開而萬物生長

日子可以非常簡單，就盯着她看，心裏、嘴裏，酒裏，說，「你真好看啊。」

我無法否認，我是個輕度酒精成癮者、輕度抑鬱症患者、輕度性幻想狂、中度自戀狂、中度逐鹿中原愛好者、中度偏執狂、重度劃痕症患者、重度強迫症患者、重度焦慮症患者、高於常人 155 倍的精神分裂症易患者。

但是我從出生到年過半百，沒給其他人添過任何沒必要的麻煩。我媽可能會有不同意見，但是我和她對於一些詞彙的定義不同。這個文章是我寫，她反對也沒有實質影響。我酒後不吐、不亂性、不玩手機，我的精神分裂傾向只在文章裏，光明和黑暗，現實和幻想，賦和比興。

這一切，我要感謝花草。花草治癒。

我把一切醫學還不能清晰定義的心魔總稱為大毛怪，它和我不是一個東西，它的三觀和作息和我都不完全一樣。至於它幹的一切壞事，我都是無辜的。但是我明白，如果它完全不幹那些壞事，我也無法幹對地球有意義的那些好事。

我剛出生的時候，我的大毛怪已經在了，儘管它物理體積很小。我發育得比我的大毛怪晚一點，但是它長得比我快一些，而且更不講道理。在我意識到大毛怪的存在之後，它變得有些狡猾，它似乎也暗中學習一些兒童心理學、博物學和星相學。但是，我清楚地知道，它怕花草。只要讓它接觸到花草，只要花草讓我分心，不和大毛怪「對影成三人」或者騎上它，大毛怪就做不了大壞事，不給別人添大麻煩。

以下是我目睹過的戰勝過大毛怪的花草：

狗尾巴草。我小時候在北京南城各種路邊和野地裏見過，以至於我堅信不疑，野合必須在它上面，否則野合的男女都無法達到高潮。四十年後，我又在倫敦美國大使館新館的小湖邊見到，上面沒有任何野合過的痕跡。

地雷花。它就是我心中的北京的初夏，葉子一直綠，花兒一直多彩。花落了，中間小小的嫩綠的花蕊慢慢變成黑色的硬硬的「地雷」。捏開「地雷」，是軟白的液體。我後來又見了一些其他的軟白的液體，想起地雷花，我也沒覺得那些液體有甚麼特別噁心的地方了。

二月蘭。初見在天壇，一地一地的，再見在北大，一片一片的。我在北大第一學期，詩讀多了，戀愛多了，看到地上一片片的二月蘭，覺得地和天在說，「我一直記得你的藍色。」

薺菜。春天的時候在天壇公園內的幾段老牆下繁盛。摘滿一帽子，拿回家去給老爸，炒雞蛋或者做湯或者包餛燉，都非常好吃。

榆葉梅。春意鬧的「鬧」字，我是從春天的北京路邊的榆葉梅那裏學到的。真是一群、兩群、無數群鬧騰的花兒啊，彼此擠來擠去，拳打腳踢。榆葉梅的綠葉是如何在重花之間冒出來的，我百思不得其解。

白楊樹。夏天在中學的操場上，風吹過，白楊樹的葉子一面墨綠一面金黃，女生的裙子飛揚，一面粉紅一面粉白。陽光之下，白楊樹葉子背面，細細的金黃色的毛髮，女生的鬢邊和小腿邊也是。

荷花。北京北海北門和什剎海裏的都好。我小時候聽壞孩子唸繞口令：紅配綠，賽狗屁。但是夏天裏，酷暑裏，荷花和荷葉，紅配綠，好看啊。如果再下點雨，雨滴在花瓣上和荷葉上大大小小地滾，多好看啊。

松柏。天壇裏很多，幾十年到幾百年的都有，冬天也不太像死透了的樣子。很多老年人在清晨蹭它們，或許老人們覺得蹭多了可以再多活幾十年或者幾百年。

松茸。每年 6 月到 9 月，我總想回雲南一趟，那時候雲南的菌子閃閃發亮。一口大鐵鍋，一鍋山泉水，一隻小土雞，新鮮松茸、牛肝菌、見手青等十幾種菌子下鍋。香啊。在開鍋的一瞬間，我一個不會用微波爐和烤箱的人，都堅定地認為：如果有好食材，我就是食神。

以上已經九種了，治癒我生命、戰勝我大毛怪的植物遠不止這九種。

我寫過一首叫《中藥》的詩。

草木皆美，

人不是。

中藥皆苦，

你也是。

為甚麼會是這樣啊？語言乏力，禪是一枝花，我無法用語言闡釋。

一花是甚麼花？

萬物是甚麼物？

生長是甚麼感覺？

為甚麼草木皆美，人不是？

想起那些迷戀某個女生的日子：日子可以非常簡單，就盯着她看，心裏、嘴裏，酒裏，說，「你真好看啊。」她一定傷過很多心，就像花草一定治癒過很多心。

如果不知道如何生活，學學花草。如果不知道如何生長，學學花草。如果不能輕易看到花草，那就有個類似花草的藝術，在身邊。如果不能輕易跨越花草和人類的界限，那就有個類似花草的人類，或者類似花草的人類藝術，在身邊。

花草治癒，藝術治癒，酒精治癒，貓兒狗兒治癒，美好的人類治癒。我們每個人都有自己的問題。承認這點，再給自己一束花草、一方美物、喝口兒、抱抱親親舉高高轉圈圈，我們的問題就好了一大半。

應無所住而生其心。花不會不敗，就像花不會不開，你我心頭的心思、慾望、糾結、煩惱、大毛怪，也一樣。

一葉落了，一花開了，萬物生長了。生，無不生。了，無不了。

花，它真美啊，她真美啊。

這六十餘幅書道、塗鴉和二十件陶器是我自己給自己畫的畫，自己自說自話也說給你聽。

（本文為馮唐書畫展《萬物生長》序言）

生命中最大的那些小物

我們似乎都不喜歡在原地停留，希望靠賭博掙取從正常渠道掙不到的錢。

我最近投資了一家北京的醫院集團，下轄七個院區，六千張牀位，都在三環路和五環路之間。我聽說日本的醫療世界第一：人均壽命世界第一，服務質量世界第一。我促成了一個學習團夥，九個人（四個院長、三個總部高管、三個投資專家），五天，六晚，五個城市，三個酒店，認真看了日本六個醫院、兩個公司（日本最大的醫院集團總部和一個大型綜合商社的總部）、一個工廠（醫院被服清洗消毒），零分鐘集體購物，一路上反覆想，「為甚麼日本的醫療能做到世界第一？我們差在哪裏？差的根源是甚麼？我們能做甚麼？甚至哪些地方我們能做得更好？」。得知零時間購物之後，有些團員們實在忍不住了，血拼了高速公路休息站附設的便利店，買了很多拌沙拉的調味品。

有一段旅途是從東京坐新幹線火車去京都。我從小在北京火車站附近長大，痛知大城市火車站附近的髒亂差，大學畢業之後，就沒再坐過火車。噩夢裏常常夢到不得不擠上火車逃離，也不知道逃到哪兒去，噩夢醒來，想想夢中情節，意識到噩夢和現實沒甚麼區別，所以盡全力能不坐火車就不坐火車。這次在東京，儘管所有知道的人都安慰我說，日本的火車是另一個世界裏的火車，我還是不信，還是堅持要提前一個小時到火車站。

當然是我錯了，早到了太多。儘管是人如織、車如織、店鋪如織，我沒看到任何髒亂差，標識清晰，秩序井然，萬物流淌，水波不興。我也竟然沒感到任何因為過度冷酷管理之後的機械，人們萍聚，人們雲散，此時此刻，在一個屋簷下，各就各位，彼時彼刻，各奔東西。我想起了團員們在高速公路便利店的購物狂熱，和大家說，就此散去，車上再聚。

兒時陰影太重，我還是不相信人類管理火車站的能力，還是擔心不能及時趕到車上，老老實實地提前半小時等在登車口。實在無聊，舉目四望，看到了幾個大小類似的販賣亭，亭前，人停，人選，人買，人走，如水流過汀洲。忽然產生走到近前去看個究竟的衝動：這麼多的人口，這麼逼仄的空間，這麼多年的發展之後，匆匆在路上，這些兩平米見方的販賣亭還在賣些甚麼？人類到最後，構成生命幸福的最基本、最底層的小物是甚麼？

販賣亭正面的最高一層是香煙，第二層是袋裝小吃，再下一層的空隙是收款機，收款機下面一層是糕點、便當、方便麵、薯片、餐巾紙、時政報紙和雜誌，正面三分之一的面積被一個大冰箱佔據，裏面各種非酒精和酒精飲料。販賣亭的側面，一邊是洗面奶、面膜、護膚霜等個人洗漱用品，電池、充電器、耳機等個人電子用品，另一邊是看不懂題目的通俗讀物和情色雜誌（真人的和動漫的，有一本的封面我認識，小倉優香）。

據說全世界的共識是，日本對現代世界的三大貢獻是：壽司，動漫，成人愛情動作片。有史以來都是枯守一井，不想遠方，圍繞食色烤火，抱團取暖，吃喝玩樂。

據說全世界的共識是，中國對於現代世界的三大貢獻是：麻將，《紅樓夢》，中醫。我們似乎都不喜歡在原地停留，希望靠賭博掙取從正常渠道掙不到的錢，希望紅樓不止是一夢（即使是一夢，為甚麼我不能也做一做？），希望靠彼此扎針、吃動植物的各種部份以及人類不同場景產生的二便而獲得長生。

如今是，日本的壽司、動漫、成人愛情還在日本各地火車站的販賣亭流轉，我們心懷賭性但是已經很久湊不齊一桌麻將，《紅樓夢》還是沒多少人能通讀，街上的中醫館很多，但是太多活着的中醫大師聽起來愈來愈像靈修大師。

正好沒吃早飯，我從販賣亭買了兩盒做成香蕉樣的和果子，在車上，一盒分給大家嚐嚐，一盒自己就着保溫杯裏的鳳凰單欉吃了。我還買了本小倉優香，找個僻靜處看完隨手扔了，就不和大家分享了。

書道不二，萬物也如此

與其要完美的千人一面，不如保有自性的、搖曳的、自然的不完美。

「甚麼是好的書道？」我在東京表參道荒木經惟的工作室裏，問了荒木經惟十個問題，其中一個問題就是這個。

「這真是一個好問題啊！我也好想知道答案啊！」荒木經惟穿了個繡花的西裝上衣、繡花鞋，坐在我面前，盯着我，兩眼放光，評價了這個問題。

文學求真，醫療向善，求真向善多年，我去年突發奇想，反正四季輪迴，閒着也是閒着，忙着也是忙着，我想探索一下美的世界，美的標準似乎更是模糊，跨界看看藝術，試試以零基礎當個藝術家。

因為我毫無信心，所以我挑了一個似乎和文學最相關的藝術領域：書道。文字是人類最偉大的發明，書道是似乎只有中國人以及被中國人影響的亞洲人才能從骨子裏欣賞和被吸引的藝術。我畢竟使用漢語文字很多年，我畢竟還是個文人，文人字畢竟在書道的歷史裏一直被推崇。書道可能是離我最近的藝術。

因為我毫無信心，所以我精挑細選了一個和我又遠又近的人一起做聯展，那個拍過很多成人愛情動作照片的荒木經惟，沒想到他聽到建議後很爽快地就答應了。我們有很多相同的地方：我們都熱愛婦女；書道都不是我們的主業，我們都寫一手不傳統的字，都不是王羲之、王獻之體系中的「好看」；都有生機、都自在、都歡實、都毫無懸念地有特點、被辨識。我們有很多不同的地方：荒木經惟攝影，我寫文章；他是日本人，我是中國人；他是一個七十八歲的老人，我是一個四十七歲的中年人；他在塵世的毫無顧忌中保持童真，我保着童真在塵世裏嘗試不知忌諱。

我聽到荒木經惟說他也無法定義好的書道，我腦子高速運轉，幫他和我想，好的書道到底是甚麼樣子。

我心目中好的書道是中國古器物上的文字：高古玉（戰漢以前）上極其稀少的寥寥數筆，漢簡（「士相見」等），南北朝石刻（特別是以經石峪為代表的北朝佛經），高古瓷（唐宋金元）上的詩句和底款（磁州窰枕頭、當陽峪窰盤碗、建窰盞等）。

我心目中好的書道是中國古代文人遭遇不幸或者喝多了之後寫的或者刻的字：顏真卿的祭侄稿，蔡襄的尺牘，蘇東坡的黃州寒食詩帖，趙之謙喪妻喪女之後的篆刻（「我欲不悲傷不得已」、「三十四歲家破人亡乃號悲庵」等）。

我心目中好的書道是日本另類和尚平時的字或者多數和尚臨死的遺偈：一休宗純絕多數的字（「須彌南畔，誰會我禪。虛堂來也，不值半錢」等），良寬的漢字（「閒庭百花發，餘香入此堂」等），白隱的大字（「南無地獄大菩薩」等）。

我心目中好的書道是中國三、四線城市街頭那些偶然經眼的溫暖的字:「溫州城」,「睾丸護理」,「卵巢按摩」,「娟娟髮屋」，「廁所」，「停車吃飯」，「自造槍支是違法的」，香港九龍皇帝的所有塗鴉等等。

我心目中好的書道是日本現今器物包裝上的文字：清酒的酒標（「庭鶯」、「李白」、「美少年」等），燒酒的酒標（「赤兔馬」，「萬年」，「一轍」等），拉麪館和居酒屋的標識。

我心目中不好的毛筆字比上述好的書道多千萬倍：那些千人一面的，那些電腦合成的，那些印刷的，那些心懷鬼胎的等等。

「您最愛婦女的哪些局部？」我用盡我麥肯錫十年練就的總結歸納能力不能精準表達上述好的書道的特徵，我只能接着問荒木經惟下一個問題。

「所有一切，包括那些不完美、醜陋和甚至已經死去的一切。」荒木經惟指着門口巨大的乾花說。

是啊，與其要完美的千人一面、美容仙子、PS 妖精，不如保有自性的搖曳的自然的不完美。良寬最不喜「書家的字、廚子的菜、詩人的詩」，我同意。不做書奴，做書童，自由自在，自然自信，春日海棠，枝頭秋葉。

書道不二，於是荒木經惟和我寫了些毛筆字。有些好處，大家看看，如果看不到，就此散了。花開如此，月圓如此，壇城如此，一期一會如此，萬事似乎都如此。

（本文為荒木經惟+馮唐書道展《書道不二》開幕式發言稿）

特別會玩，
才是人和動物最根本的區別

存心草木、器用之間，亦成學問。

2018 年 11 月底，頂尖酒評團隊貝丹德梭（Bettane+Desseauve）的葡萄酒年展在盧浮宮地下舉辦，來了上百家知名酒莊、上千種葡萄酒。我站在會場一角，遙望全場，人頭攢動，五胡雜處，觥籌交錯，酒香暗湧。我內心感慨：地球上竟然有葡萄這樣一種植物，四百年以來，以歐洲為中心培育、種植、釀酒、銷售，然後傳到世界各地；四百年以來，核心產區的所有權、位置、氣候、土壤、小環境等等都被嚴格記錄和廣泛研究，精細到村、到田、到地下哪幾層土壤、到哪排葡萄、到哪幾天的氣溫和降水；四百年以來，多少葡萄酒從業人員參與了從葡萄到葡萄酒、從田間到餐桌的諸多環節，產生了多少個專家，寫了多少本專著，用多少語言和故事來描述這種植物啊！四百年以來，多少人類飲用了多少瓶葡萄酒，產生了多少屎尿糞便、憂傷快樂和詩歌小說啊！人類作為萬物之靈，在葡萄這個植物上，相比地球上其他動物，充份展示了他們極其會玩的能力。也許特別會玩，才是人和動物最根本的區別。

我內心感慨：地球上還有沒有另外一種植物或動物，被人類玩成葡萄酒這樣變態的豐富程度嗎？

咖啡？或許。但是似乎研究得沒紅酒這麼深。

沉香？或許。但是似乎太過小眾，魚龍混雜。

因為一個機緣巧合，我找到一個物種，歷史上曾被人類異常變態地豐富和細化，如今也有潛力媲美葡萄酒。這個物種是武夷山岩茶。

茶園：武夷山70平方公里，奇秀甲於東南，世界自然與文化雙重遺產。福建從南北朝時期就是漢文化的大後方，北宋和南宋時期更是富庶之地。武夷山是典型的丹霞地貌，多崖壁，歷代茶農適應當地風土，盆栽式種茶，「岩岩有茶，非岩不茶」，「三坑兩澗」更是岩中名岩。

茶人：蔡襄，祖籍福建仙遊，長期在福建當官，毛筆字寫得好，《宋史》說：「襄工於書，為當時第一。」蘇東坡在《東坡題跋》中誇：「獨蔡君謨天資既高，積學深至，心手相應，變態無窮，遂為本朝第一。」蔡襄在武夷山設立茶園，殫精竭慮，不惜物力和人工，製作北苑貢茶「小龍團」。歐陽修《歸田錄》記載：「茶之品莫貴於龍鳳，謂之團茶。凡八餅重一斤。慶曆中蔡君謨為福建轉運使，始造小片龍茶以進，其品絕精，謂之小團。凡二十餅重一斤，其價值金二両」。小龍團金貴到皇帝自己都捨不得喝，更捨不得送人，極其偶爾送人，都會被稗官野史記錄。

茶器：朱熹的九曲山水詩文盞。

朱熹出生在福建尤溪，晚蔡襄百年。歷史記載裏，他專注於格物致知，「窮天理，明人倫，講聖言，通世故」，很少和茶米油鹽相關，甚至看不起，「兀然存心乎草木、器用之間，此何學問！如此而望有所得，是炊沙而欲成飯也」，不是嚴格意義上的茶人。但是朱熹和武夷山相關。1183 年，朱熹五十三歲，回到武夷山，在九曲溪畔大隱屏峰腳下創建武夷精舍，一呆就是七年。

九曲溪發源於武夷山脈主峰黃岡山，上游流經山深林密、雨量豐沛的武夷山自然保護區，下游流過星村，進入武夷山風景區，繞了九曲十八彎，到武夷宮前匯入崇陽溪，全長約 60 公里。而從星村至武夷宮這段則為名震遐邇的九曲溪，長不過 10 公里，武夷山風景區的絕大部份風景點就分佈在九曲溪兩岸。

朱熹在武夷精舍的時候，寫了《九曲棹歌》，序曲以及一曲到九曲，一共十首詩：

武夷山上有仙靈，山下寒流曲曲清。

欲識箇中奇絕處，棹歌閒聽兩三聲。

一曲溪邊上釣船，幔亭峰影蘸晴川。

虹橋一斷無消息，萬壑千岩鎖翠煙。

二曲亭亭玉女峰，插花臨水為誰容。

道人不作陽台夢，興入前山翠幾重。

三曲君看架壑船，不知停棹幾何年。

桑田海水兮如許，泡沫風燈敢自憐。

四曲東西兩石岩，岩花垂露碧㲯毿。

金雞叫罷無人見，月滿空山水滿潭。

五曲山高雲氣深，長時煙雨暗平林。

林間有客無人識，欸乃聲中萬古心。

六曲蒼屏繞碧灣，茆茨終日掩柴關。

客來倚棹岩花落，猿鳥不驚春意閒。

七曲移舟上碧灘，隱屏仙掌更回看。

卻憐昨夜峰頭雨，添得飛泉幾道寒。

八曲風煙勢欲開，鼓樓岩下水縈迴。

莫言此地無佳景，自是遊人不上來。

九曲將窮眼豁然，桑麻雨露見平川。

漁郎更覓桃源路，除是人間別有天。

這十首詩沒有講茶或喝茶，但是講了茶生長的風土，而且這十首詩被悉數寫上了茶器，也配了與九曲相應的風景畫。

遇林亭窰窰址位於武夷山星村，和六十多公里外著名的建窰同屬建窰系統。相傳，北宋末年，戰火四起，中原大亂，百姓紛紛向南逃難。有一天北方某窰口燒窰師林某攜家老小逃難路過此地，逢大雨在風雨亭中避雨。在亭中巧遇兩位林姓同宗，一為建州水吉窰製陶師傅，一為風雨亭四周山場所有者。三個姓林的聊到此地山形宜窰，山上松柴、瓷土等原材料充足，且交通便利，如能造窰燒盞，應該能糊口，甚至能掙錢。雨停之後，三人分工合作，說幹就幹，第一窰試燒便獲成功。後來窰場愈來愈火，生意愈來愈旺，為紀念三人的偶遇，便將初次相聚的風雨亭命名為「遇林亭」。從此窰因亭名，亦稱「遇林亭窰」。

遇林亭窰的大名品是金彩黑釉茶盞。遇林亭窰的黑釉類似建窰主產區，但是胎土的鐵質含量少，釉色也少兔毫、油滴、灰背等變化，但是獨創金彩，在黑釉上描繪山水和文字：吉利話、茶對聯、山岩、竹葉、荷花等等。遇林亭窰的窰址就在九曲溪之中，遇林亭窰金彩黑釉茶盞中最罕見和有名的一類就是九曲山水詩文盞：在黑釉上繪武夷山九曲溪山水，寫朱熹的《九曲棹歌》，一盞一曲，一首詩一幅詩境手繪圖。《九曲棹歌》一共十首，這類盞本來也是一套十隻。

但是全世界沒有一整套武夷山九曲山水詩文盞（存世，已知），完整器也不足十隻。

根據香港吳繼遠先生的研究，香港藝術館轄下的茶具博物館藏有四隻完整器，分別是序曲、五曲、六曲和八曲；日本有兩隻宋代傳世品，一隻為麻生太賀吉氏所藏，是序曲，一隻原屬小倉安之氏，現藏日本根津美術館，是一曲；國內已知還有兩位先生，分別藏了一隻序曲和一隻五曲；吳繼遠先生自己購得一隻七曲，似乎是傳世孤品，未見任何公私收藏或著錄。我了解的是，國內還有個別完整的序曲盞和數量稍稍多一點的殘盞在不同藏家手裏。

我知道，收集一整套宋代九曲山水詩文盞是一項不能完成的任務，但是我暢想在未來能在武夷山九曲溪旁辦個展覽，全世界已知存世的宋代九曲山水詩文盞都匯聚在一個屋簷下，隔着千年，望着當下的九曲溪，聽着「三坑兩澗」的茶樹一刻不停地在潛生暗長。

何為侘寂？

人類如果要學習美，第一個老師和最後一個老師應該是自然。

我周圍有很多朋友喜歡日本，隔三差五就去日本吃喝玩樂，有的甚至在日本買了房子，有的甚至聽到四個字的日本名字就覺得那人一定是個偉大的藝術家。逢年過節，朋友們在東京的集中度甚至超過在北京的集中度。櫻花季，在京都嵐山或是花見小徑遇上朋友的概率超過在北京國貿或是三里屯。我自己很晚才去日本，第一次去日本是 2015 年，去了第一次之後，就想常去，如果想躲兩三天清靜，日本是首選目的地。

但是，大家為甚麼喜歡日本？日本的魂兒是甚麼？日本之美是甚麼？似乎沒人能簡單給我說明白。去過十幾次日本了，我試圖自己總結。

我先羅列一些我喜歡日本的具體例子：

我喜歡圍繞東京皇居的路。皇居城牆環繞，護城河環繞，櫻花樹環繞，沒有商業，沒有民宅，沒有車輛攆人或者佔道，有人散步或者跑步，跑一圈 5 公里左右，每隔一小段距離，就有用磚石鑲嵌的日本某縣名和縣花。櫻花開了的時候，某個黃昏或者凌晨，跑一圈，真是人間最美五公里（本來圍繞北京故宮的 5 公里可以更美，但是，唉）。

我喜歡日本的吃食。壽司，天婦羅，鰻魚飯，壽喜鍋，關東煮，點心，茶果子，都好吃，路邊隨便一家館子走進去，都不會太難吃。

我喜歡日本愛情動作片。那些秘密藏在移動硬盤裏的東瀛姑娘啊，她們和我的左手或者右手幫助我躲過了多少情慾之災啊。我深深地感謝她們。

我喜歡日本的乾淨。一個乾淨的地方，生活質量不會太差。我在京都一家小店門口，看到老闆娘用力擦洗店門，她擦了很久，我看了很久。

我喜歡日本街頭各種店舖招牌上的漢字，幾乎都是手寫的毛筆字，搖曳生姿，活靈活現。相比之下，北京街頭各種店舖招牌上的漢字都是電腦生成的美術字，生硬硌眼，了無生趣。

我喜歡日本人的專注。在專注這件事兒上，日本人有些像植物，巋然不動。壽司之神小野二郎九十四歲了還在捏壽司，天婦羅之神早乙女哲哉七十四歲了還在炸天婦羅。我去過一家吃牛肉的店，主廚和服務生的平均年齡六十五歲，平均在這個店裏工作了四十年。

我喜歡日本人對美的眷戀。我去博物館看展覽，總會遇到三五成群的老姐姐，安安靜靜，乾乾淨淨，整整齊齊，規規矩矩，相約排隊看展，過眼即我有，看完展，估計再去一起安安靜靜喝小酒。

我喜歡日本的安靜。在火車車廂裏、在飛機機艙裏，完全聽不到電話或者音頻或者視頻的聲音。

我喜歡日本發明的方便麪。從注入熱水到開吃的三分鐘，我覺得我異常自由而獨立。

我喜歡日本發明的能沖洗屁股的馬桶。用習慣了這種馬桶之後再用不帶沖洗屁股功能的馬桶，總覺得不乾淨，擦再仔細，擦再狠，也是屁股上有屎地回到人間。

我嘗試進一步總結歸納：甚麼是這些具體例子呈現的共性？甚麼是日本之美？想來想去，最合適的總結歸納是一個無正式定義、無系統闡釋的一個詞：侘寂。似乎沒人能清晰準確地表達甚麼是侘寂，似乎和禪宗核心智慧一樣，「知者不言，言者不知」。

千利休喜歡用藤原定家的一首短歌來描述侘寂：

茫茫四顧，

花死，葉亡。

苫屋在這岸邊，

獨立暮光秋色。

在我看來，柳宗元的詩更好地描述了侘寂：

千山鳥飛絕，

萬徑人踪滅。

孤舟蓑笠翁，

獨釣寒江雪。

如果非要用非詩歌的語言描述侘寂，我選四個詞：自然，簡素，舒適，接受。自然的東西不會醜，人類如果要學習美，第一個老師和最後一個老師應該是自然。簡素的好處是容易專注，不容易過時。舒適的功能性是某種美能被持續使用和欣賞的前提。接受的重點是接受零落殘缺，萬物皆殘，一切必失，無常是常，諸法無我。接受的進階是欣賞零落殘缺之美，覺得「留得殘荷聽雨聲」比「映日荷花別樣紅」要美好很多。

侘寂啊侘寂，白茫茫一片大地，「完美是一件多麼無聊的事兒啊！」

清風朗月不用一錢買

不能期望擁有女王級別的物質財富，但是能欣賞到女王級別的器物之美，過眼即我有。

儘管新冠病毒還在肆虐，維多利亞和阿爾伯特博物館還是在 8 月 6 日重新對公眾開放，博物館的團隊在重開第一天請我去逛逛。我長期形成的習慣是，到一個城市，做完正經事之後，如果還有一點時間，就去這個城市最好看的博物館和書店逛逛。我到了倫敦有些日子了，但是因為疫情，主要的博物館都沒開，我的腿癢了很久。能去 V&A 那裏逛逛，很開心，每次邁腿都似乎在跳舞。

我生而極度內向，不愛見人，尤其是見生人，少年時口吃很久，喜歡聽人說話遠遠多於自己開口說話。過去二十年，因為不愛說話，很多人喜歡問我問題，絕大多數問題都涉及以下三類：這個事怎麼做？這個病重不重？這個房子該不該買，如果不該買，應該買甚麼樣的房子？問我第一類問題，是因為我在麥肯錫諮詢公司幹了十年。問我第二類問題，是因為我在協和醫學院唸到博士。但是，為甚麼問我第三類問題呢？問我問題的人說：「因為你似乎天生喜歡房子而且懂如何買房子。」

也可能我前生是軟殼動物，宅在一個殼裏，我的確喜歡在一個好的房子裏漫長地呆着。因為長期做管理諮詢形成的習慣，我也非常善於用簡單的話說清楚一個複雜的事兒。我的確常常思考甚麼是好房子，給別人關於房子的建議往往也正確。

現在簡單總結如下：

如果你能花在房子上的錢非常有限，能給你的建議是：放棄其他一切考量，第一考慮是否離地鐵站近。「近」的定義是兩公里之內，快走二十分鐘可以到。無論風裏雨裏，無論多遠，地鐵可以很便宜和可靠地帶你來回城市中心，你可以放心工作，不用擔心停車位，不用擔心酒駕，不用擔心打不到出租車。

如果你能花在房子上的錢足夠，給你的建議是：考慮是否離以下三者近，大學、大公園、大使館。「近」的定義依舊是兩公里之內，快走二十分鐘可以到。離大學近，有書看，有年輕女生看，有便宜的蒼蠅館子吃。離大公園近，有自然，有跑步 / 散步徑。離大使館近，有安全保證，哪怕對於外來人口，周圍生活配套也不會太不方便。

8 月 6 日在 V&A 那裏逛完之後，我在我選房的三大標準上，又加上一條：離大博物館近。邏輯如下：離大使館近，基本安全、方便，這是基礎；在此基礎上，好大學意味着真，真理和智慧；大公園意味着善，大家一起共享清風明月花草禽獸，而大博物館意味着美，古今中外，人類和錢財能創造和收集的美。在兩公里之內，同時具備大學、大公園、大使館、大博物館四者的房子，可遇不可求，能具備一個就是好，兩個就是非常好，三個就是極其好。

以 V&A 為例，那裏集中了維多利亞女王和她老公阿爾伯特一輩子的收藏以及後世的添加，藏品無數。如今，誰也不能期望能擁有女王級別的物質財富，但是通過這個博物館，大家都能欣賞到女王級別的器物之美，過眼即我有，「暫得於己，快然自足」。

因為我水平和時間有限，我只仔細看了中國展廳。V&A 亞洲部中國館藏研究員李曉欣老師了解到我最喜高古玉和高古瓷，很細心地找了五件東西考我，讓我學習並嘮叨。這五件東西是：

西周盤龍玉吊墜。我嘮叨：「龍是中國美術中最早出現的動物形象之一，也是高古玉中最早的動物形象之一，也是延續最長的動物形象之一，從新石器時代直到今天。這件玉盤龍呈咬尾狀，類似器型早在新石器時代就已經出現（紅山文化、淩家灘文化等），在漢代亦有出現。龍眼呈現『臣』字眼，周身紋飾呈現典型西周風格。

西漢青玉馬頭。我嘮叨：「這是一件偉大的作品。高古玉因為材料和工藝的限制，圓雕（立體雕刻）很少，大件圓雕就更少。這件馬頭是圓雕高古玉的精品。雕工凌厲，氣韻生動，美器傾城。」

宋代定窰醬釉茶盞及盞托。我嘮叨：「定窰上承邢窰，以白瓷為主，醬釉和黑釉少見，又稱紫定和黑定。茶在宋代開始成為中國人主流飲料，茶盞等茶具也在宋代開始成為重要實用工藝品。此套茶盞及盞托完整、稀少，從中可以想見一千年前飲茶看雲的美好時光。」

宋代汝窰盞托。我嘮叨：「汝窰在北宋是官窰，長期是皇家用瓷。在中國陶瓷史上素有『汝窰為魁』的說法，存世汝窰器物極少，茶具更少，帶字帶款的更少。此件帶款汝窰茶盞充份體現偉大的宋代審美：極簡，極精緻，極優雅，超越語言。」

元代青花瓶。我嘮叨：「中國的青花瓷始於元代，深受西亞、中亞影響。此器型常為酒器，周身青花描繪西廂記人物故事。想當初，月下開瓶，對花飲酒，遙想人物故事，一切從這瓶酒開始，實在美好。」

清風朗月不用一錢買，看博物館也接近免費。能常去 V&A 逛逛的人們有福了，多去，多被美到。

人道寄奴曾住

生前名、身後事都是虛幻，但是偶爾想想，還是會小小地神往。

「千古江山，英雄無覓孫仲謀處。舞榭歌台，風流總被雨打風吹去。斜陽草樹，尋常巷陌，人道寄奴曾住。想當年，金戈鐵馬，氣吞萬里如虎。」

我和老舍先生一樣，從小在北京長大，老舍是滿族人，我是蒙古族人。我小時候在北京南城廣渠門垂楊柳一帶晃悠，在東南護城河邊蹓躂，四十五歲搬回北京，垂楊柳已經變成了北京 CBD 的後花園，護城河已經被修整得不臭了，我一週三次在河邊跑步，一次 10 公里。雖然北京還是被上海來的朋友們嘲笑「土」，我說，雖然土，但是我每週三次在兩個世界文化遺產中間跑步，京杭大運河和天壇，北京是世界文化遺產最多的城市，沒有之一，可能是歷史的塵埃太重，所以土。

玩笑話歸玩笑話，我在北京街頭蹓躂，常常想起辛棄疾這首《永遇樂：京口北固亭懷古》，「人道寄奴曾住」。我常常想，世事如棋，巷陌如棋盤，在北京這種建都八百年的城市，如果有人沿着四個維度：地點、時間、人物、故事，把人類相關的信息匯總，該是多麼好玩的一件事。比如，我到了前門外楊梅竹斜街，看到一棟民國風格的樓，拿出手機一查，立刻顯示：甚麼時候，誰在這個樓裏住過，誰和誰喝酒，誰愛上了誰，誰又睡了誰。當然，北京現在也有各種文物保護單位，但是總數還是少得可憐，而且側重建築而不是人。我每次跑過龍潭湖的袁崇煥廟，暫停，一拜，想想他被凌遲被剮了 3,543 刀，有近萬人搶到而生食之，我每次路過西直門和德勝門，想想已經被填平了的太平湖，暫停，一拜，想想老舍在跳湖前二十四小時的心情。

動如脫兔，靜如處子。過去二十年，平均每年飛一百次，2020 年，新冠元年，從 7 月起，我滯留倫敦，如今 2021 年 7 月了，我一年一次沒飛。想起大約一百年前，老舍先生來倫敦教了五年漢語，寫了三部長篇小說。我從 Kindle 買了這三部長篇小說，再讀，還是常常想笑，常常被他的善良和樂觀暖到。在倫敦滯留這一年，我死宅為主，狂看過去三十年想看卻沒時間看的書，狂寫過去五年想寫卻沒時間寫的第七個長篇小說《我爸認識所有的魚》。我偶爾在倫敦街頭晃悠，常常想起他的《二馬》，體會哪些變了，哪些沒變，常常想笑。

有一次在一家西班牙菜路邊攤吃飯，餐廳叫

Barrafina，在一個四層樓的一層。吃完飯，出來時，無意中，我抬頭一看，四層樓的第一層和第二層是藍綠色，第三層和第四層是黃色，第三層朝街的牆面上貼了一個圓形的藍牌子，上面寫着：「KARL MARX，1818-1883，lived here 1851-56」。我一驚，馬克思我當然知道，我又在餐廳裏買了一瓶啤酒，坐在馬克思故居的馬路牙子上，默默地喝完，壓壓驚。

後來發現，如果特別留意，倫敦建築上這種藍牌子常常能看到。我上網查了一下，總結基本情況如下：

一，William Ewart 在 1863 年首次提出在建築上貼藍牌的建議（1963 年，建議提出後一百年，他在 Eaton Place 也有了紀念他的一塊藍牌）。1867 年第一塊藍牌在 Holles 街二十四號貼上牆，紀念拜倫（這個房子如今已經被拆除了）。

二，如今，藍牌的總數在八百左右，絕大多數是紀念人，少數是紀念建築本身的歷史意義或在建築裏發生的歷史事件。每年，藍牌的增量在十到二十個之間。

三，被貼藍牌的標準：行業翹楚；對人類福祉作出重大貢獻；值得舉國認可；路人皆知。其中，最後一條的執行最不嚴格，很多藍牌上的人，絕大多數路人不知道。但是有一條金標準從來沒有被打破過：能上藍牌的人必須已經去世二十年以上或者活到一百歲以上。

老舍先生的外孫女是我原來同事，聽說我對倫敦藍牌感興趣，告訴我，老舍也有一塊，而且是中國人中的第一塊，還是印有中文字的第一塊。我馬上查了一下，果然：Notting Hill 區聖詹姆士花園街三十一號，「SHE LAO, 1899-1966, Chinese Writer, lived here 1925-1928」。

我打算下週找一天去看看老舍在倫敦的故居，在他的藍牌下面鞠個躬，買瓶啤酒，坐在他樓下的馬路牙子上喝口。

我老媽總揚言要走在我後頭，我估計我活不到一百歲，我生前見不到我自己的藍牌了。有人從淘寶訂製了一個送我，也是圓的，也是藍色的：「FENG TANG, Born 1971, Poet, Writer, Strategist, Lives Here」。

其實，我也知道，生前名、身後事都是虛幻，我們都是一粒無意義的塵埃。但是，偶爾想想這些虛幻，還是會小小地神往。

臨淵羨魚不如歸而結網，我也爭取在之後四年寫兩部長篇小說。這樣，和老舍一樣，我在倫敦五年也有三部長篇啦。

破草鞋是個甚麼鬼

她說，她穿這雙鞋跑過很多地方、跳過多場廣場舞、認真親過幾次我老爸。

就審美而言，純旁觀，日本民族有些令我敬佩的「矛盾和統一」，比如，尊重秩序，不給別人添麻煩，但是，在私領域又百無禁忌；比如，崇拜在大尺度時間上形成的秩序，崇拜在歷史上留下盛名的人物，但是，又不貶低自己周圍還活着的大師，當代大師作品的價格和同品類的古董相差無幾；比如，酷愛「自然」和「簡素」，但是又極度迷戀悶騷到骨子裏的絢爛無比卻只能短暫擁有的東西。

在天目盞這個細小的領域，也處處體現了這些「矛盾和統一」：天目盞源自中國南宋建窰，厚胎，單色，黑褐色為主流，「盞色貴青黑，玉毫條達為上」，茶湯倒入之後，細細看去，常常想到初雪的月夜、初戀的短髮、早稻的水田、早晨的遠山；但是，人們又頂禮膜拜流傳至今的三隻曜變天目盞，燦爛若朝霞，鬼魅如夜櫻，玉毫一點也不條達；到如今為止，千年以降，再沒有任何一隻完整的天目盞被認作曜變，但是現代陶藝家做出的曜變天目盞也賣到了宋代普通兔毫天目盞的價格了。

2019 年 5 月初，有了一個在三天內看盡世上三隻完整南宋曜變天目盞的機會。我僱了輛車，在一天之內拜會了兩隻，上午在野鹿如野狗的奈良國立美術館見了藤田美術館那隻，下午在深山裏的美秀美術館見了大德寺龍光院那隻。加上去年 4 月份，東京國立美術館做茶道具展覽，我見了靜嘉堂那隻。至此，世上僅存的三隻南宋曜變天目盞，我都親眼目睹過了。

看兩隻盞的這一天非常燒腦。我一路上細細思量，我覺得我真的知道了為甚麼南宋曜變天目盞這麼少、為甚麼都在日本、為甚麼大德寺龍光院的這隻和其他兩隻區別這麼大。

那天晚上，我回到京都，在嵐山腳下簡單吃了一碗蕎麥麪。腦子裏自以為是的答案涉及很多專業知識和見識，我簡單歸納如下：

儘管只有三隻完整南宋曜變天目盞，運用現代醫學研究方法，我認為還是要進一步分類。公認的這三個南宋曜變天目盞，全部黑釉打底，形成過程有三種可能：第一種可能，一次燒，溫度天成，在上下幾度之內，成品天目盞內外壁都有曜變；第二種可能，第一次燒出是油滴盞，盞內壁加釉，盞外壁不加釉，複燒，試圖燒出那時公認的精品（「盞色貴青黑，玉毫條達為上」），複燒後，內壁有曜變，外壁無曜變，內壁油滴斑普遍有明顯燒焦感；第三種可能，拿第一次燒出的普通宋代建盞，試圖燒出那時公認的精品（「盞色貴青黑，玉毫條達為上」），不加釉，複燒，溫度恰巧合適，沒燒成當時公認的精品兔毫，但是內外都有曜變（文獻檢索，法國最近已經實驗成功）。

大德寺龍光院這個曜變盞最少見人，似乎歷史上只展出來兩次，也最不上像（照片上最普通），但是實物是真美啊，虹彩是連成片的，內壁和外壁上都有，移步換影，氣象萬千，真是悶騷到了骨子裏。

美秀美術館以大德寺龍光院這隻曜變天目盞組織了一個展覽，名字叫「國寶曜變天目和破草鞋」。我的注意力全在國寶曜變天目盞上，只記得漫不經心排隊、集中心力看這隻秘不示人的曜變天目，出來之後才想起來問：為甚麼叫「國寶曜變天目和破草鞋」？除了國寶曜變天目，我似乎還看到了其他一些僧人日用品，畫像啊、茶道具啊、花道具啊、香道具啊、袈裟啊、袈裟環啊，完全沒有印象：破草鞋是個甚麼鬼！

原來，這隻已被列為國寶的曜變天目盞，名字就叫「破草鞋」。

喝蕎麥麪湯的時候，我想：在某個時候，甚至在很長時間裏，在龍光院，破草鞋和曜變天目盞或許都是某個和尚的日常之物，用破草鞋行路，用天目盞吃喝，日常之物，珍愛摩挲，用後放妥，本一不二。後來，曜變天目盞的悶騷無法掩飾，群鬼環伺，曜變天目盞的稀缺無法複製，漸漸成為了眾人皆知的國寶，破草鞋還是破草鞋，一雙壞了，再去找另外一雙。再後來，這個和尚覺悟到，如果不考慮其他人的意見，僅僅對於他自己，這隻盞和這雙草鞋，都是日常之物，都簡素自然，都是天然和人工的結合，都無法或缺，甚至都無法定價，本一不二。就把這隻盞叫成「破草鞋」吧。禪宗語錄裏不是有「趙州草鞋」的俗語嗎？

由此想到我周圍熱衷收藏的中國人，我極少聽到他們說到收藏給他們的美和觸動，幾乎無一例外地聽到他們說到收藏給他們怎樣的財務回報。我老媽一輩子沒學會扔任何東西，她八十多歲了，還留着我八歲時學素描用的綠色帆布畫夾。她還有好些鞋堆在屋子裏，我問她，為甚麼不扔掉其中看似非常破的一雙布鞋，她說，她穿這雙鞋跑過很多地方、跳過多場廣場舞、認真親過幾次我老爸，所以，先留一陣再說。

因為這雙破布鞋，我覺得我老媽不完全是個俗人。

今年的諾貝爾文學獎得主又不是我

後半生，沒甚麼理想可以想，只想活得長一點，得個諾貝爾獎。

2020年10月8日，農曆庚子鼠年，寒露。我人在倫敦，還沉浸在兩個星期前寫完第七個長篇小說《我爸認識所有的魚》的巨大歡喜中。細細想來，至今為止，再也沒有比寫完一個長篇小說更讓我歡喜的事兒了，其他好事兒的歡喜程度在一個數量級之下。

我想想今年莫名其妙而來、還不莫名其妙而去的新冠病毒，我想想二十年前第一個長篇小說《萬物生長》也是在亞特蘭大（而不是北京）完成。我烤了一根油條，熱了一碗豆漿，我想，儘管有新冠疫情，現在的地球還是比二十年前的地球小了很多，二十年前，整個亞特蘭大的任何一個清晨也配不齊一根油條和一碗豆漿。倫敦的清晨又下起了雨，我又感受到了寫完長篇小說的歡喜，為了讓油條配豆漿的清晨更加歡喜，我開了一瓶 Krug 香檳，給自己倒了一杯，細碎的氣泡從杯底一串串升起。

油條、豆漿和 Krug 在口腔裏糾纏的過程中，我翻了翻微信朋友圈，好些朋友在談論諾貝爾文學獎，說，格林威治時間 8 日中午就會公佈獲獎者。我看了看諾貝爾文學獎賠率表，我好幾個還活着的朋友都在賠率表上，有兩個還在我微信朋友圈裏，我忽然意識到，諾貝爾獎這件事竟然和我有關。

格林威治時間 8 日清晨之前，我對諾貝爾文學獎一直持「笑看落花」和「不以為然」的態度：瑞典的人口不到北京的一半，斯德哥爾摩的人口不到朝陽區的一半，瑞典文學院的成員數目遠遠小於常駐北京 CBD 的仁波切數目，多數沒在中國生活過的西方文學專家以翻譯文本判斷漢語的美好，多數歷史上諾貝爾文學獎得主的書一年沒有一萬個地球人閱讀。當然，我為所有得獎者開心，畢竟是個有調性的國際大獎，畢竟有筆獎金，可以不事生產，每天油條、豆漿、Krug，過它幾年閒散時光，再寫一本長篇小說。

但是在 8 日的清晨，我忽然意識到，諾貝爾文學獎就在我身邊啊，我好幾個朋友都是獲獎熱門人選啊，我也有三本長篇小說和一本短篇小說集被翻譯成了法文、英文和意大利文，今年的獲獎者馬上就要公佈了，也可能就是我啊。

我默默把手機從靜音調成了有聲。聽說，諾貝爾文學獎甄選過程嚴格保密，評委會會電話通知獲獎者。但是，評委會知道不知道我的手機號碼呢？

油條和豆漿吃完、Krug 還剩半瓶，最新消息在微信朋友圈裏出現。唉，電話沒響起，今年獲獎者不是我。恭喜美國女詩人 Louise ！

竟然真有人給我發微信紅包，安慰我那顆沒得獎的心，紅包留言：安慰未來諾獎得主；沒事，還有明年；在我心中，您才是獲獎者；等等。我算了算，收到的紅包錢夠買 8 日清晨的油條、豆漿和 Krug 了。

我的朋友，中國資深男詩人沈浩波寫了一首詩《只有這一句富有詩意》（2020.10.8）：

美國女詩人獲得

諾貝爾文學獎的夜晚

我的朋友圈裏很多人

在討論這件事

但只有一句富有詩意

來自最大的網上書店

當當網的老闆

俞渝女士

她一直在等這個結果

現在結果出來了

她發出了一聲哀嘆

「詩歌拉不動銷售」

我唱和無題短詩一首：

2020後，後半生，沒甚麼理想可以想

只想活得長一點，得個諾貝爾獎

沒準還能得兩，一個醫學獎，一個文學獎

我今年四十九歲，明年五十歲，我一直隱隱擔心，如果人類平均壽命真升到一百歲，我的餘生如何度過。我心目中的文字英雄，除了亨利・米勒，五十歲之前，都掛了，五十歲沒掛的，都不寫了。2020年10月8日之後，我知道我該如何度過餘生了：繼續做事、成事，繼續寫小說、寫詩，每年10月8日前後，寒露前後，把手機從靜音調成有聲，等待從瑞典文學院打來的電話響起。

北京的魅處

我想帶六箱紅酒和一個月的時間，和她好好聊聊，決定來生是否再見。

我就是那個用漢語寫色情小說和詩歌的蒙族人馮唐，貪財、好色、愛酒如命。

我爸是廣東人，我媽是蒙族人，他倆在北京相遇生下我，我媽說啥，我爸聽啥，我媽登記我的戶口，民族蒙古。

我生在北京，長在北京，二十七歲之前，除了一年在河南信陽陸軍學院軍訓，沒有離開過北京。我在三里屯附近的八十中上中學，那時候三里屯還沒有酒吧，我和學校裏的壞孩子們坐在三里屯南街的馬路牙子上喝啤酒，就着初夏說下就下的陣雨，聊着校花。我在故宮和天安門附近的協和醫學院學醫，被人類的生老病死搞煩了，就拉個女生出協和校門，奔故宮東華門，穿午門，繞西北角樓和東北角樓，再回協和。我的肚子常常很餓，女生和角樓的月色常常很美。

沒離開北京之前，我沒說過一句北京的壞話。這麼大一張中國地圖，只有一個城市是用一顆紅星標着，那就是北京啊。任何兩百年以上的東西，在美國都是文物。我從小長大的廣渠門外垂楊柳，好幾個一百多歲的寡婦，好多棵明末清初栽下的大樹。

離開北京之後，我住過亞特蘭大、新澤西、紐約、舊金山、香港、倫敦，也去過多次新加坡、東京、巴黎、曼谷、法蘭克福，我沒說過北京一句好話。我常常想，北京有甚麼好啊？冬天賊冷，夏天賊熱，春天風緊，秋天沙多。城市賊大，馬路賊寬，路口賊堵，土特產賊土，吃的賊難吃。人賊雜，口氣賊大，似乎每個人都以國為懷，愛好逐鹿中原。

但是，我為甚麼總是想念北京？

我老媽還住在北京。在她離開地球之前，我想寫完關於她的長篇小說。動筆之前，我想帶六箱紅酒和一個月的時間，和她好好聊聊，決定來生是否再見。

我還有一堆朋友在北京。北京夠大，吹牛逼讓人知道不容易，但是躲起來不難。有些老哥已經到了智慧的孤峰頂上，兩三個月不見他們，我擔心他們被風吹走，以後就再也見不到了。有些老姐已經到了更年期，希望我幫着追憶一下第一次例假是怎麼過。更多的年輕人有了我曾經有過的少年血，我二過了，該他們二了，我很好奇，他們會怎麼二呢？

我想吃涮羊肉，我想吃鹵煮，我想吃大董，我想吃雪崴。

我想混進北大校園餵餵燕南園的貓。

我想走頤和園的西堤。

我想在後海和北海看西府海棠。

我想去協和醫院陪老師上台手術。

我想跑兩圈天壇最外圈，聞聞松柏的味道。

我想去龍潭湖祭拜袁崇煥，想想他被凌遲的那些瞬間。

我想去三里屯找個我認識的老闆娘喝酒，然後再找個我認識的老闆娘喝酒。

我想看看還有哪個畫家村還沒被拆。

我想在東三環華威橋附近的古玩城再試試眼力。

我想在某個有燒烤的院子裏集體浪詩，從《詩經》浪到到昨天新寫的短詩。「別看我像個殺豬的，其實我是個寫詩的。」

我想在廣渠門外垂楊柳某個脆冷的秋天的早晨醒來。

（本文為《THE BEIJINGREN 京誌》序言）

宇宙的盡頭是創造

絕大多數文字只是傳遞了語言的聲響，漢字還傳遞了語言的形象：星星、鳥獸、草木、甲骨、山川、指掌。

傳說中倉頡造了漢字，現在我用倉頡造的漢字寫這篇文章。

傳說中倉頡有雙瞳四個眼睛，天生睿德，觀察星辰移動、鳥獸留痕、草木搖曳、甲骨炙裂、山川綿延、指掌紋現，象形、擬聲、會意、指代、轉註、假借，創造了漢字，試圖描述時間和空間裏存在的一切，古往今來，東西南北，革除當時「結繩記事」之陋，奠定後世文明之基。

傳說中倉頡造完漢字版本1.0的當天，天雨粟，鬼夜哭。

傳說中倉頡是黃帝的史官，資歷比司馬遷、司馬光早了很多，傳說倉頡也有個自己的部落，執政四十二年，享年七十一歲。

少年時代開始系統接觸漢字的時候，我就認定，文字是人類最偉大的發明，沒有之一，漢字是人類最美的文字，沒有之一，這個判斷延續到今天。

後來我學了西醫，傳說倉頡有四個眼睛，我不相信。如果排除外星人的可能，極大概率事件是傳說。如果是四個眼睛，視神經、動眼神經等等腦神經不太容易接線。傳說倉頡格外敏感，在意星星、鳥獸、草木、甲骨、山川、指掌，在意它們的出現、興盛、潰敗和消亡，我相信。我也喜歡觀察類似的一切，也常常想，如果沒有文字、沒有錄音、沒有影像記錄，如何留下這一切，即使有這些手段，如何有足夠大的存儲能力來留存這一切，如果沒有，哪些是該留下的、能留下的，哪些不是。

關於夏代以及夏代以前的三皇五帝是否存在，關於中華文明是五千年還是四千年，關於紅山、良渚、龍山、齊家是某種新石器時代文化還就是傳說中的夏代甚至三皇五帝，繞不開漢字。西方學者定義古代文明有三個關鍵要素：建造城市，使用金屬，出現文字。漢字似乎是在四千年前突然從石頭縫裏蹦出來，完整優美，絕世獨立。傳說是倉頡一個人造的，我不相信，我寧可假設是個國家工程，類似司馬光編撰《資治通鑒》，在當時的帝王授意下，集中了當時最聰明的十來個頭腦，埋頭苦幹了一、二十年。漢字裏凝集了中國文化的核兒，幾千年過去，如今依舊鮮活：「天」，人頭頂上那片躲不開的東西；「地」，土也；「人」，一邊曲背彎腰，一邊挺立不倒；「張」，弓被拉得很長；

「藏」，戈要刺瞎「臣」字眼，還不躲藏？

當然，後來我也意識到，而且愈來愈意識到，儘管文字是人類最偉大的發明，文字還是有根深蒂固的漏洞。禪宗深深意識到文字的局限性，強調「不着一字」、「撚花微笑」、木棒敲頭、獅子吼。我看星星、鳥獸、草木、甲骨、山川、指掌，和你看星星、鳥獸、草木、甲骨、山川、指掌，一定有不同的感受。一萬個人看「愛」這個漢字，讓一萬個人各寫一百字：「愛是甚麼」，會有一萬個答案。但是，所有的交流工具都不完美，文字是這些不完美工具中最完美的一個，漢字是所有文字中最完美的一個。絕大多數其他文字只是傳遞了語言的聲響，漢字還傳遞了語言指向的那些客體的形象：星星、鳥獸、草木、甲骨、山川、指掌。

2019 年 8 月，萬寶龍的 Vivian 找到我，說：萬寶龍在其他主要文字中早就有了自己專屬字體，中文一直沒有，您能不能創一個中文字體？

我愣了。

萬寶龍的確是我最喜歡的硬筆，沒有之一。我用過多種鋼筆，包括老友自己手工訂製的海南黃花梨殼金筆。灌上墨水之後，我最長、最常使的萬寶龍作家系列卡夫卡紀念筆是唯一能甚麼時候寫、甚麼時候都能出水的鋼筆。後來，我讀了萬寶龍創始時候的發心：「做一支不漏水的鋼筆。」

但是，為甚麼找我創一個中文字體？憑甚麼是我？「您的字有辨識度，字好看，字有溫度，自有溫度。馮老師，您真不知道自己的字好看嗎？」Vivian 說。

對於自己的字，儘管沒自信如我，我還是隱約知道字不難看。我在香港島上星街的某個小館子吃完飯，在賬單上簽上自己的名字，老闆娘站在我旁邊一直嘮叨：「字好看，字好好看。」說得我不好意思了，多給了五十塊小費。

我花了兩週的閒暇時間，躲進書房，消耗了五瓶白葡萄酒和一瓶威士忌，在萬寶龍提供的方格紙上寫了近兩萬個漢字，成品是近八千個獨立字符。因為字體要求好認，所以都是接近正楷，不能連筆，每個字大小類似，筆劃同樣粗細，像學生一樣老實。小學三年級之後，我沒這麼集中地寫過這麼多漢字了，恍惚之間，時常感覺自己不是在刻碑造字，而是在被小學語文老師罰抄寫課本裏最長的一篇課文。或許是寫得太專注、太長久，或許是寫字姿勢不對，也可能就是年紀大了，兩週之後，交稿之後，睡醒之後，忽然覺得左腳外側麻木，CT 一照，第四節和第五節腰椎之間的椎間盤突出了。

2020 年 3 月 31 日字體正式推出，正式名字定為：萬寶龍中文馮唐簡體。

不能和自己相處的人，早晚也是別人的麻煩

不給國家添亂，不給自己添堵。

1月23日，大年二十九，武漢封城，之後出現的狀況，我從來沒見過，我問我八十歲老母，她說她也從來沒見過。

十七年前，非典肆虐之時，餐廳基本都沒關啊，酒照喝，牛照吹，飛機照樣飛。那時香港的氣氛比北京恐怖，房價很低，有個香港同事問我：「你覺得我該在這個時候買房子嗎？我愛香港，我想在這裏結婚生子。」

「當然買啊，如果錢不是問題，就多買幾套，能多買幾套就買幾套，加槓桿，向銀行貸款，再多買幾套。」我回答。

「為甚麼啊？街上的氣氛那麼差。我不。」

後來，非典過去了，再後來，香港的房價飛漲。我又見到我那個香港同事，我問他：「非典時候到底有沒有買房子啊？」

「只買了一套，自用，結婚生子用。我要是聽你的，

我現在就發達了，完全可以不工作了。你當時為甚麼建議盡可能多地買香港房子？你學醫的，你確定疫情能過去？」

我說：「我不是基於知識給出那個建議，也不是瞎蒙，我是基於常識給出的建議。你看，非典時候香港的房價已經低到塵埃裏，如果非典過不去，人類都被殺死了，你留着錢有甚麼用？如果非典過得去，香港的房價一定大漲。你說為甚麼不多買？」

十七年之後的新冠肆虐，國內和國際上的反應大過非典：很可能是人類歷史上第一次封了一個人口超過千萬的大城；進京需要在家隔離十四天不許出小區半步；很多航班取消；所有熊孩子們都不開學留在家裏坑爹坑媽；新中國建國以來第一次推遲全國人大和全國政協代表大會；居民小區全部實現管制，需要出入證才能出入（依稀記得上次用和出入證長得類似的東西是四十年前用糧票）；幾乎所有飯館都關了，極少數還開着的，嚴禁三人以上一起吃飯，三人以上一起吃飯的罪過類似聚眾淫亂；街上的人全戴着口罩，包括逛公園的人，不戴口罩的人被所有戴口罩的人側目而視，彷彿他是人民公敵；廣場舞終於停了，大媽們和大爺們找出文革時期的舊軍裝重新穿上，去管理各個居民小區的入口，去抓形跡可疑的人，去叱責街上不戴口罩的人。

歐洲的鐘錶展、車展、飛機展等等都停了，我被邀請五月份去意大利西西里講文學，也至少推到十月份了。

不給國家添亂，不給自己添堵，最好的方式就是在自己家宅着。2020 年極有可能成為第一個二月還沒過完就有了年度詞的一年，2020 年的年度詞毫無懸念，一定是「宅」字。

其實，真開始宅了，真宅了一週、兩週、一個月、兩個月，才發現，宅沒那麼容易。平時狂忙，我們都暢想過，如果有了時間，我們將會如何如何，2020 年 2 月終於不得不閒了，我們發現自己都是好龍的葉公。宅的時候，我們如獲至寶地捧着手機，翻看各種微信群，偶爾希望，時常感動，總是義憤，平均使用手機時間從一天三個小時上升到一天九個小時。

以前我總是信誓旦旦，時間是一個人唯一真正擁有的財富，餘生只給三類人花時間：真好看的人，真好玩的人，真的又好看又好玩的人。這次宅下來，愈宅愈不自在，凜然自省：你自己是個真好玩的人嗎？你如果自己都不是一個真好玩的人，你憑甚麼要求別人是個真好玩的人？你如果自己都不是一個真好玩的人，即使遇上一個真好玩的人，你有甚麼資格佔人家的時間？宅不住的人，宅不爽的人，也是不能和自己相處的人。不能和自己相處的人，早晚也是別人的麻煩。

自省之後，重新振作，檢點宅的時候，一個人能做點甚麼美好的事兒。

明代陳繼儒有個版本：凡焚香、試茶、洗硯、鼓琴、校書、候月、聽雨、澆花、高臥、勘方、經行、負暄、釣魚、對畫、漱泉、支杖、禮佛、嚐酒、晏坐、翻經、看山、臨帖、刻竹、餵鶴，右皆一人獨享之二十四樂。

在上述二十四獨樂的基礎上，新冠期間馮唐再新添二十四獨宅：凡對雪、喪跑、痛飲、手沖、斷食、HIIT、書道、泡澡、枯坐、鬥茶、溫故、自摸、編著、洗盞、盤玉、網聊、撿書、擺棋、追劇、觀星、算帳、思史、補覺、回信，上皆一人獨得之宅。

看樣子，要「貓」過整個鼠年了。阿彌陀佛，慈悲慈悲。

附錄：人品如西晉，宅居愛北平

當人類開始吹牛，不再仰望星空，向太空進軍，老天沒有打雷，而是釋放了微生物。

2020 年是我從來沒見過的一年，也是現代地球人從來沒見過的一年。新冠病毒能通過空氣人傳人，世界不再是平的，地球其實依舊是圓的。人不一定勝天，在自然面前，人類不再是那麼萬能和全能。當人類開始吹牛逼，不再仰望星空，向太空進軍，老天沒有打雷，而是釋放了微生物。

因為新冠病毒，一個一個洞穴重新出現，雞犬相聞、老死不相往來，地球人不得不重新學習一種忘記了很久的基本功：宅。

一個人如何和自己和諧共處？這是現代地球人不得不回答的問題。

答案只能是——宅。

接下來，現代地球人又不得不回答以下問題：

如何宅？

如何相對舒服地宅？

如何長期地相對舒服地宅？

明代陳繼儒有個版本：凡焚香、試茶、洗硯、鼓琴、校書、候月、聽雨、澆花、高臥、勘方、經行、負暄、釣魚、對畫、漱泉、支杖、禮佛、嚐酒、晏坐、翻經、看山、臨帖、刻竹、餵鶴，右皆一人獨享之二十四樂。

這二十四樂，都是獨樂，都可以一個人宅着樂，而且可以樂很久。

在上述二十四獨樂的基礎上，我在新冠期間新添二十四獨宅：凡對雪、喪跑、痛飲、手沖、斷食、HIIT、書道、泡澡、枯坐、鬥茶、溫故、自摸、編著、洗盞、盤玉、網聊、撿書、擺棋、追劇、觀星、算帳、思史、補覺、回信，上皆一人獨得之二十四宅。

這二十四宅，都是獨宅，都可以一個人樂着宅，而且可以宅很久。

這四十八樂和宅，除了餵鶴之外，我都試過，有效。如果廣義看，我也宅着吸貓，勉強也可以算是「餵鶴」了吧。我把這四十八個「樂」和「宅」在二尺宣紙上一一寫出來，掛出來。希望你能看到，能感到，能回家試試，宅起來，樂起來，宅很久，樂很久。

在遙遠的古代，北京人宅居在山洞裏，吃肉，做愛，繁衍，後來被考古學家叫作「山頂洞人」。今天，這些書道借北京飯店的「九號院」展示給大家，可以觀字，可以遊目，可以養心，是謂「宅居在北平」。

（本文為馮唐書道展《宅》序言）

做個狠人，不是一天，而是很多年

經歷了兩次刻骨銘心的無常，我想明白了的是，沒必要費太多心思分析因果。

2009 年 9 月，《GQ》簡體中文版創刊，我開始寫封底公開信專欄（Open Letter）。到 2019 年 9 月，《GQ》簡體中文版創刊十年了，我也寫了十年，不緊不慢，不趕不停，一月一篇，每月最後一天交稿。十年下來，文章結了兩個散文集《三十六大》、《在宇宙間不易被風吹散》。十年下來，中華高速崛起，機會滿地，負責催我稿、審我稿的編輯走五個，創刊總編王鋒也走了。五個責編對我都很好，這十年間，我想寫甚麼就寫甚麼。十年紀念刊，責編第一次給我命題作文：馮老師能不能寫寫自己這十年？

對於像我這樣逼話超級多的人，用一篇千字文總結我的十年，真是一個難題。我召喚我在麥肯錫十年練就的歸納能力，試着用十個核心詞總結我的十年。

不二。2009 年起筆，2011 年出版，《不二》是我一個個體寫作者對自然和漢語表達極限的一個挑戰，在我激素水平下降之前，我想用漢語寫本像飲水和吃菜一樣純淨的黃書，助力美好的意淫，不涉及解決生理需要的手淫。《不二》出版至今，再版二十幾版，十年一直霸佔香港暢銷榜和機場書店，據說是香港開埠以來賣得最好的小說。

金線。2012 年在《GQ》的專欄上，我發表了一篇〈大是〉，提出了文學金線論：「文學的標準的確很難量化，但是文學的確有一條金線，一部作品達到了就是達到了，沒達到就是沒達到，對於門外人，若隱若現，對於明眼人，一清二楚，洞若觀火。文章千古事，得失寸心知。雖然知道這條金線的人不多，但是還沒死絕。這條金線和銷量沒有直接正相關的關係，在某些時代，甚至負相關，這改變不了這條金線存在的事實。君子可以和而不同，我的這些想法，長時間放在肚子裏。」南方都市報 2012 年年度詞選了「金線」，「馮唐金線」也成了一個成語，定義如下：「網友自造的成語，類似班門弄斧的意思，主要用於文學領域，表示一個文學水平差的人，拿着自己的線到處評論別人的文學水平。」我至今不解的是，在我的祖國，在二十一世紀，為甚麼這樣一個基本常識竟然惹起這麼多口水。

飛鳥。2014 年夏天，我有自我意識以來第一次失去人生目的，我租了加州納帕附近一個荒蕪雜亂的院子，翻譯泰戈爾的《飛鳥集》。我消磨了一百天、一百瓶紅酒，翻譯了三百二十六首短詩，2015 年夏天馮唐譯《飛鳥集》出版，2015年底，被所有主流中文紙媒罵了一遍，2016年1月下架，又被所有主流中文紙媒罵了第二遍。我老媽配合主流媒體嚇唬我：「你知道不，如果在文革，如果你這樣被點名批評，你就被送進監獄了。」有朋友鼓勵我：「自君翻譯，舉國震動。人生榮耀，莫過於此。」我至今不解的是，我中英文俱佳，為甚麼不能翻譯《飛鳥集》，有了綠草，大地為甚麼不能變得挺騷？

春風。2017年夏天，根據《北京，北京》改編的劇集《春風十里不如你》播出。從授權以後到優酷播出之前，我全力忍住自己的控制慾，製作全程完全沒有參與。播出之後，我看了一遍片子，感覺和自己那麼近又那麼遠，彷彿看自己的前世。後來我聽說，這部片子是第一部真正意義上的網絡劇集：先在網上播完，再上電視。後來我還聽說，這部片子是優酷歷史上運營數字最好的劇集，評價標準包括：付費用戶增長、付費金額、在線時長等等。

油膩。2017年10月27日，我在我微信公眾號fengtang1971上發了一篇文章〈如何避免成為一個油膩的中年猥瑣男〉，兩週之內，微信公眾號後台顯示閱讀量超過五百萬。我至今不解的是，我寫的一篇自省文章，為甚麼有那麼多人感興趣。

超簡。2012年1月1日，《馮唐詩百首》出版，我創立了超簡詩派：用盡可能少的漢字表達最腫脹的詩意。馮唐微博認證也改成了兩個字：詩人。我後來聽說，從那以後，中國詩歌界就分成兩派，一派人數佔百分之九十九點九九，認為馮唐的詩完全不是詩，馮唐的人完全不是詩人。

救人。2009 年 7 月，我加入華潤集團戰略部，2010 年，帶隊做集團第十二個五年規劃，建議用 2009 年的收入數字申請世界財富 500 強，排名三百九十五名（2019 年，排名八十名）。十二五規劃時，我們也建議集團進入醫療行業。2011 年 10 月，華潤醫療成立，我作為第一任 CEO，從零組隊，從零開始，做醫療投資和運營。2014 年 7 月，我離開，華潤醫療管理醫院牀位數接近五千，全國第一（2019 年，超過兩萬牀位，亞洲第一）。我博士論文研究的是婦科腫瘤發生學，我知道，人都是要死的，但是如果能緩解患者一點病痛，哪怕一點，都能讓自己心裏好受一點。所以，哪怕費力費時不討好，十年來，我還是努力推動醫療變革，直到今天。

書道。2018 年 4 月，我和荒木經惟在距離故宮東北角樓 500 米的嵩祝寺 / 智珠寺辦了一個「書道不二」雙人展。我七歲到十歲練了三年顏真卿，之後就完全沒再碰過毛筆，再寫，完全不是鍾王體系，我對於我的毛筆字毫無信心。在東京，我問荒木經惟，有人罵您的毛筆字嗎？荒木說：「罵我的人，其實並不懂。」我從我有限的常識出發，我寫毛筆字有辨識度，有人喜歡，有人被打動，有人買，不就夠了嗎？為甚麼一定要寫得像鍾繇或者王羲之？

成事。我用了 2018 和 2019 兩年的春節，藉着梁啟超編輯的《曾文正公嘉言鈔》，融入我十年在麥肯錫修煉的方法論，以及過去二十年在中國埋頭做商業管理培養的見識，寫了一本《成事》。成功不可期，成事可以學。我的印象裏，古今中外，似乎還沒有一本書，簡單坦誠地講述如何做成一件事。這本《成事》也算填補了某個小小的空白吧。

無常。2009 到 2019 年這十年間，我經歷了兩次刻骨銘心的無常，到現在都沒想明白，到底為甚麼發生了這些。我想明白了的是，所有小概率事件的發生，都有太多個體所不能控制的看不見的力量參與其中，所以也沒必要費太多心思分析因果。嘲笑我無所畏的人類，不知道，我其實只是膽子太小。嘲笑我超級自戀的人類，不知道，我其實只是實事求是（以及不知道，他們所知甚少）。

一埋頭狂奔，再抬頭看，十年已經過去，人已經年近半百。想起豬八戒吃人參果，無意識中沒品到任何滋味，一時，生命已經被某種力量推着，從自己的肉身內外呼嘯而過，已經消失，最大可能是化成了屎尿。

再讓我心動一下

你小時候過份懂事兒，所以你自己剝奪了你做藝術家的機會。

我近兩年才意識到，辦個藝術展是個挺麻煩的事兒，而且要提前很長時間計劃和安排。

一個藝術展涉及：藝術家撅着屁股、皓首窮經、叛經離道地創造，藝術家助理把創造出來的花花綠綠、狗狗屁屁、黑黑白白的 2D 和 3D 的東西運到策展人團隊所在地，策展人再根據展覽場地和展覽時間的具體情況和贊助商的具體要求確定展覽方案，再安排藝術品的裝裱和現場的呈現，再安排衍生品和門票銷售以及相關利益分配，安裝團隊負責具體安裝，宣傳團隊制定並執行宣傳計劃，等等。

我想起來都頭痛。

策展人靜靜對我說，馮唐 2023 年的展覽主題定啦，就叫「萬物生長」，地點定啦，中國三個大城市，冠名等等商務安排也定啦，剩下的就是你寫寫畫畫啦。我說，停，等一下，咱們做了幾個展覽啦？靜靜說，大大小小十個啦。

我數了數，沒錯，從 2017 年到現在，五年，群展、雙人展、快閃展、個展，真是十個左右了。我陷入了深深思考，我是在浪費人力、物力、讓地球變得沒必要地那麼暖和了嗎？這種懷疑，類似我在我的紙書賣得愈來愈好的時候懷疑，我是不是在對不起森林。

深思之後，一個問題：甚麼是一個好的藝術展？

我用我殘破的記憶去回憶我前半生看過的最好的藝術展（廣義），我取前三：

第一個：中國北京東單三條九號院西側解剖室。

不是藝術展，也沒有藝術家。

儘管在那之前，我已經不是處男，我在那裏第一次面對全裸的、完全不動的人體，我們四個人面對一具屍體。我和一個女生在他 / 她一側，另一個男生和另一個女生在他 / 她另一側。我知道我們四個人的名字，我不知道躺在我們面前的他 / 她的名字。解剖課結束後，中午飯的時候，我們四個，兩男和兩女，又坐到了一張食堂的桌子上，她們倆各自深深摸着那個男生的右前臂和左前臂，問我，你還記得不，這塊肌肉的起止點到底是哪兒啊？死人還是比活人好摸很多啊！

第二個：日本瀨戶內海某小島。

我忘記藝術展的名字了，我也忘記藝術家的名字了。

我記得整個場子不大，有個街角的建築，有人排隊，有人維持，我聽見遙遠的海風，我期待我要看到甚麼。進去之前，關上了手機。進去之後，失去了視覺，一片漆黑。我感到了恐懼，我看不到任何東西包括我自己，我被剝奪了視覺和手機，我不知道我能不能出去以及從哪裏出去。「嚇死我了！」我背後一個比我還老的姐姐低聲叫喊，然後她伸出雙手抱住我後腰，然後我們沉默地走了一陣，然後前方似乎有燈光，一切慢慢亮了起來，她抱我後腰的手在暗中放下了。其實，前方的燈光一直都在，只是絕大多數人沒有意識到，如同被剝奪的視覺其實依然在。

第三個：中國北京廣渠門外垂楊柳我媽住處。

不是藝術展，藝術家是我媽。我媽請我去她住處喝酒，號稱要喝死我，我說，好啊，我死在您手裏也算死得其所。我媽安排我坐在一面牆書架的前面，我前面是餐桌，餐桌上是一瓶酒，酒前面是我媽。「你回頭。」我媽說，「架子上是我的一生。」我回頭，一架子的零碎，我媽認為重要的一切，包括：我爸的打火機和保溫杯、我姐上南京大學之後的氣質照、我哥登上過長城的墨鏡，還有我媽買給我的綠色帆布素描夾子。我扭回頭。我媽說：「你喝一口吧，我保證，這不是假酒。你小時候過份懂事兒，所以你自己剝奪了你做藝術家的機會。當時，我應該勸勸你就好了。」

總結一下：一個藝術展，如果能讓一個人放下手機，對着自己，撒泡尿照照，一陣恍惚，拿起手機，美美地、另類地拍張照片，恍惚一陣，不就夠了嗎？

我如果能做出幾個這樣的藝術展，我不就是個藝術家了嗎？

你說呢？

馮唐錦囊 8

探索自己才會擁有更多自由

未來社會的好處是，不被控制的人，會擁有更多自由。

我們正在面臨的未來，塑造人性的方式和方法將更加巧妙，更加精緻和有效，人性面臨的危險更大，同時，人性也會獲得更多自由。

那麼，怎麼不被控制，不被淘寶和頭條洗腦，怎樣贏得自己的自由、迴避被捏來捏去的風險，這是個大問題。歸根結底，還是要從人的肉身中去找答案，人能夠依靠的還是肉體，多鍛煉身體，不僅肌肉，還有大腦。

問題的解決，還是要回到人身上，人的本質。當你不做螺絲釘的時候，你能做甚麼？怎麼做？你的潛能、興趣、慾望、怪癖是甚麼？你的癢癢肉和敏感點是甚麼？你的獸性、人性和神性是甚麼？這需要探索自己，一層層剝離，撕掉皮帶出肉。其實，探索自己是件很艱苦的事情。但沒有對人性的探索，就沒有未來的獨立，也就失去了面對 AI 的能力。

「人盡其用」，我很看重這個詞，身體力行。我覺着，很多人的時間、精力、能力、才華，都消耗在手機上了。如果每個人都人盡其用，把自己的潛能逼迫出來，發揮出來，我們會擁有更美好的明天，跑步進入共產主義。

（答《南方都市報》採訪）

馮唐錦囊 9

即使家裏有礦，也要自己養活自己

文藝和工作都是生活，沒有雅俗之分。如何是佛？乾屎橛。道在吃喝拉撒中，也在工作辦事中。我們在生活中，並且，要生活得真實，就不能做雅與俗之類的區分，劃出一條線，分出左右，反而是虛幻的，是在想像的空間裏。我這幾年一直在讀帖，書法帖，王羲之的書法寫的都是「我有兩枚橘子送給你；聽說有一種藥治耳聾挺好；謝謝你送來的竹杖，很好用」，寫的都是家長里短，是生活；一些書法家寫的「悠然見南山」才是真俗。

另一方面，不能掙錢的文藝男，不是好文藝男。並不是說要掙多少錢，而是要能承擔自己的文藝。文藝其實不便宜，喜歡梵高莫奈，不能只看畫冊，要去歐洲的博物館看，看到真正的色彩和線條，才會被美感動；退一步，即使畫冊，也有粗陋和精緻之分，精緻就需要錢。我的好朋友評論家李敬澤有一句話我很贊同，文藝青年不能呆在家裏，要走出門踏踏實實地做好一份工作。

（答《瀟湘晨報》採訪）

年輕人總是清貧的，這和從事甚麼職業沒關係。大學畢業，薪水能夠養活自己就是勝利，隨着工作經驗和能力的增長，薪水才會增長。文藝不一定不掙錢，好的文藝，社會需要，市場需要。從事文藝行業，和任何行業一樣，年輕人總是清貧。在立志從事文學行業之前，先找個工作養活自己，即使家裏有礦，也要自己養活自己。

（答《新京報》採訪）

馮唐錦囊 10

有天賦的人改變世界，普通人享受世界

我們都是平凡人，平凡人可以幹一些自己不需要天賦做的事，這世界上 99.9% 的事是不需要天賦的。如果他就喜歡寫字，自己能寫得很嗨，就當作自娛自樂唄。但你為甚麼一定要達到《紅樓夢》的水平？最關鍵的是，當你達不到《紅樓夢》水平的時候，別去罵《紅樓夢》。如果你不認那就讓時間考驗，在一個信息透明的時代，是不可能埋沒任何一個天才的。比如喜歡打籃球，自己週末就在小區裏頭打，贏兩分就已經足夠了。你不要想着喜歡打籃球，但我為甚麼進不了國家隊？這是再勤奮也沒用的。

我信命。人的智商、體質、相貌、品性，很多都是天生的，是「命」給的。姚明籃球打得好，首先是有這個身材，其次有個運動員家庭，這都是投胎得的，後天怎麼努力也補不上。

對於普通人，一是要認清自己的命，認清自己的局限，找到自己的賽道，沒有那個身高，不要想着去當籃球明星，業餘打打籃球自娛自樂就可以；二是要努力，勤能補拙，千古不易。

其實，所謂「進步」，大多基於天賦獨特的人的工作，對於芸芸眾生來說，這是個挺慘的現實。不過，換一個角度，由這些有天賦的人去改變世界，普通人去享受世界，挺好的。

（答《新京報》、《TIME OUT 生活家》採訪）

書　　名　人間美好

作　　者　馮　唐

責任編輯　鄒淑樺

美術編輯　Dawn Kwok

出　　版　天地圖書有限公司
香港黃竹坑道46號
新興工業大廈11樓（總寫字樓）
電話：2528 3671　傳真：2865 2609
香港灣仔莊士敦道30號地庫（門市部）
電話：2865 0708　傳真：2861 1541

印　　刷　美雅印刷製本有限公司
香港九龍觀塘榮業街6號海濱工業大廈4字樓A室
電話：2342 0109　傳真：2790 3614

發　　行　聯合新零售（香港）有限公司
香港新界荃灣德士古道220-248號荃灣工業中心16樓
電話：2150 2100　傳真：2407 3062

出版日期　2024年7月／初版・香港

ISBN : 978-988-8551-48-4